张元卿,山西原平人。研究领域为清代民国诗史、民国通俗小说。著有《民国北派通俗小说论丛》《陈诵洛年谱》《刘云若评传》。

崔文川,山西定襄人。现为西京学院图书馆研究员,白鹿书院院长助理。曾任《艺术画刊》杂志主编,《艺文志》副主编等。编著有《中国当代艺术家精品系列藏书票》《趣味火花》《趣味藏书票》《珠玉文心》等。

民国分省游记丛书

晋汾遗踪

民国山西游记

张元卿　崔文川　编

南京师范大学出版社

图书在版编目(CIP)数据

晋汾遗踪：民国山西游记 / 张元卿，崔文川编. ——南京：南京师范大学出版社，2016.12
（民国分省游记）
ISBN 978-7-5651-2968-1

Ⅰ.①晋… Ⅱ.①张… ②崔… Ⅲ.①游记—作品集—中国—现代 Ⅳ.①I266.4

中国版本图书馆 CIP 数据核字(2016)第 282356 号

书　名	晋汾遗踪——民国山西游记
编　者	张元卿　崔文川
责任编辑	向　磊
出版发行	南京师范大学出版社
地　址	江苏省南京市宁海路 122 号(邮编：210097)
电　话	(025)83598919(总编办)　83598412(营销部)
	83598297(邮购部)
网　址	http://www.njnup.com
电子信箱	nspzbb@163.com
照　排	南京理工大学资产经营有限公司
印　刷	江苏淮阴新华印刷厂
开　本	787 毫米×1092 毫米　1/32
印　张	10.125
字　数	147 千
版　次	2016 年 12 月第 1 版　2016 年 12 月第 1 次印刷
书　号	ISBN 978-7-5651-2968-1
定　价	40.00 元

出版人　彭志斌

南京师大版图书若有印装问题请与销售商调换
版权所有　侵犯必究

出版弁言

《民国分省游记》是以省以及省级市为单位,用游记来呈现民国历史文化生态之丛书。选文首重史料性,同时兼顾文学性与科学性。科学艺术类考察记,凡记载社会生活较丰富者,均酌情收录。故本丛书所收录之游记,并非皆是传统意义上之文学性游记。

丛书之推出,既想以史料之展示,来复原一些消失之历史细节,也想与读者一道重温先贤观察社会历史之角度与情怀,因此,丛书之核心是呈现细节与情怀,在内容上并不求全。

在整理游记资料时,我们确定了如下一些原则:

一、繁体字、异体字改为标准简化字,原文误植径改;模糊难辨之字,以□代替。

二、当时的习惯用法,如"那末"、"计画"、"莫有"等,今人理解不致产生歧义,故一仍其旧。

三、文中标点,在基本尊重原样的基础上,按今天的使用习惯酌情做了更改。

四、特殊名词术语和需要注释的词语,在脚注中以编者注的形式略作说明。

希望由此呈现的文本能得到读者的认可。

民国二十年,张元济赠傅增湘诗有句云:"我为古人蕲续命,更从新法试留真。"本丛书之出版,亦同斯旨。"续命",是通过"重游"来克绍先贤之徽猷,承续文化之慧命。"留真",则非仅为册府增一写真集,亦以待续命之人。

尽力而为,总是想多留几粒结缘豆。区区此意,读者鉴之。

南京师范大学出版社

前　言

一代旅人有一代旅人之看点，民国去今未远，可要说清民国人是如何游山西、看山西的，也不大容易了。编一本《民国山西游记》，也只能是浮光掠影。编者所能做的只是尽量让这浮光掠影接近民国旅人的看点。

旅人眼中的山西，不外是自然风光和历史人文。山西的自然风光，北人不觉其异，南人罕言其美，然其历史人文却多得民国南北人士之垂注，可见当时旅人之看点多在历史人文。于是本书乃以反映山西历史人文的文章为主，选编了十七篇游记，按自北而南的顺序，分四辑排列，当时的主要看点大致应关照到了。

入选之游记，皆按其初版文字收录，"的、地、得"之使用一仍其旧，一些不合今天的规范但理解不致产生偏差的时人用语亦不做改动，希望尽量呈现民国文本之原貌，虽然在字体版式上没能实现繁体竖排。选文收初版文字,这是整理文献的常识,但在编选此书的过程中,发现陈垣、傅增湘等人的文章在后来入集时多有改动,一般读者已看不到初版面貌。有鉴于此,本书均按初版照录,力求恢复原状。例如,梁思成的《记五台山佛光寺建筑》,通行本是梁氏后来据初版文言本改写的白话文本,内容没有大的变化,文采则远逊。这次依据初版收录,不仅意在恢复其文言面目,更在于藉语言之恢复,使其文采、情怀与看点浑然一体,完整地呈现给读者。

林徽因、梁思成的《晋汾古建筑预查纪略》,多次收入各种文集,却多未能照录初版文字。如通行本中"……两旁有卷耳,略如爱奥尼克(Ionic)柱头形"一句,初刊本并无"爱奥尼克"四字,而今本多有。本次收录,除省却原文中标示附图的文字外,悉按原样照录。林徽因、梁思成在文中称,在探访古建时多对"名胜"表示怀疑,因"名胜"最易遭到"重修",乃至于"重建"的毁坏,故原有建筑最难得保存。又说:"山西因历代争战较少,故古建筑保存得特多。我们以前在河北及晋北调查古建筑所得的若干见识,到太原以南的区域,若观察不慎,时常有以今乱古的危险。"今天,《纪略》记载的古建筑,有些已消失了,尚在的面目也不同了。是"重修"惹的祸,还是后人自负,"以今乱古",已不可知。

林徽因在晋汾调查古建时曾写过一篇《山西通信》,可与《纪略》对读。《山西通信》的开篇写道:

> 居然到了山西,天是透明的蓝,白云更流动得使人可以忘记很多的事,单单在一点什么感情底下,打滴溜转;更不用说到那山山水水,小堡垒,村落,反映着夕阳的一角庙,一座塔!景物是美得到处使人心慌心痛。

当时一般旅人只为着山西的尘土、"醋拌面"叫苦,谁还会像林徽因一样觉得"美得到处使人心慌心痛"?

> ……远地里,一片田亩有人在工作,上面青的,黄的,紫的,分行的长着;每一处山坡上,有人在走路,放羊,迎着阳光,背着阳光,投射着转动的光影;每一个小城,前面站着城楼,旁边睡着小庙,那里又托出一座石塔,神和人,都服帖的,满足的,守着他们那一角天地。近地里,则更有的是热闹。一条街里站满了人,孩子头上梳着三个小辫子的,四个小

辫子的,乃至于五六个小辫子的,衣服简单到只剩一个红兜肚,上面隐约也绣有她嬷嬷挑的两三朵花!

"神和人,都服帖的,满足的,守着他们那一角天地",今人多视此为"保守",可这却是顾炎武称赞傅山的"萧然物外,自得天机"。所谓人生的"跌宕自喜",就是如此的吧。

我们走时总是一村子的人来送的,儿媳妇指着说给老婆婆听,小孩们跑着还要跟上一段路。开栅镇,小相村,大相村,哪一处不是一样的热闹,看到北齐天保三年造像碑,我们不小心的,漏出一个惊异的叫喊,他们乡里弯着背的,老点儿的人,就也露出一个得意的微笑,知道他们村里的宝贝,居然吓着这古怪的来客了。"年代多了吧?"他们骄傲的问。"多了多了。"我们高兴的回答,"差不多一千四百年了"。"呀,一千四百年!"我们便一齐骄傲起来。

"走时总是一村子的人来送",可见昔日民风之好。1982

年施蛰存游山西后写了一篇《五台赞佛记》,文中写道:"五台山区大小寺院的佛像,似乎都没有在十年内乱中被毁坏。寺院的建筑物,也都好好地保存着元明清代的原样,这使我有些诧异。但司机同志给我解释:当年这里的'造反派',也都是信佛的。原来如此,阿弥陀佛。"看来,建筑老,也要民风好。

林徽因看到的是山西最美的一面,或者说她能领略平凡山西之至美,可民国山西毕竟不都是那样,环境之闭塞,市人之委顿,战乱之侵扰,也都在其躯体上留下了印痕,或多或少映入了旅人的眼中。收入本书的游记也有这方面的内容。至于窄轨火车、架窝等给旅人留下深刻印象的交通工具,造就了那个时代的移动风景,读者看到这些内容,想来也会有一番浮想吧。

谢国桢《大同石窟寺》称云冈的土炕,炕上的桌凳椅,与日本相同;又说当地土语"百"读作"鳖",与日本"百"字读音相近,"仅少了一个语尾","我们可以看见中国文化传到日本的确据"。谢国桢游大同,不只看石窟,也留心民情民俗,还要从文化传播的角度来思考其所见所闻,处处流露着民国文人的情怀,让后人看到了他们是怎么游山西,看山西的。今人游晋,比前人更为方便,足之所至理应更为辽远,若能像林徽因、谢国桢那样,用审美的、开阔的眼光看山西,而不是老嫌弃气候之干燥、蔬食之粗淡,即便不和当地人一起骄傲那"宝贝"之古老,至少也能获得些了解之同情,情感上就能接近民国旅人。

用有限的篇幅来展示山西的历史人文,自无法面面俱到,相对于真实的历史,任何资料的辑选都只是按某种意愿接近历史真实的主观努力。本书用游记文献来探寻遗踪,接近历史,也是一种带有主观意愿的个人努力。不管这种努力是否能得到读者的认可,我仍希望基于史实的对话能成为了解山西的基础,希望今天的古迹日后仍为古迹。

2016 年 9 月 30 日于南秀村

目录

出版弁言 / 001

前　言 / 001

插图目录 / 001

第一辑　云冈恒岳

记大同武州山石窟寺/陈　垣 / 003

大同石窟寺/谢国桢 / 022

恒山游记（附雁门关游记）/吴少成 / 039

恒岳游记/关颖人 / 055

第二辑　五台佛光

五台山游纪/蒋维乔 / 079

记五台山佛光寺建筑/梁思成 / 095

乳山记/陈敬棠 / 102

同蒲路原平宁武段视察记/邱毓灵 / 104

第三辑　晋中风物

游晋祠记/藏　园 / 133

晋祠游记/我　一 / 143

天龙山游记/李庆芳 / 153

太原通讯/坎 侯 / 165

第四辑 晋南行旅

晋南旅行记/张珪权 / 191

晋汾古建筑预查纪略/林徽因 梁思成 / 231

记临汾的两大寺/阿 芸 / 287

初入临汾的回忆/舒 湮 / 295

凭吊晋南旧战场

  ——从垣曲到长治/希 明 / 304

后 记/ 311

插图目录

图 1　云冈石窟寺外景 / 006
图 2　云冈石窟寺大佛 / 007
图 3　云冈第一洞外石佛 / 031
图 4　云冈第五洞石壁佛像 / 032
图 5　恒山正门 / 044
图 6　恒山玉皇阁 / 045
图 7　恒山关帝庙 / 064
图 8　恒山玄灵宫 / 065
图 9　五台山显通寺之铜殿与铜塔 / 087
图 10　五台山塔院寺大宝塔 / 088
图 11　佛光寺大殿测绘图 / 098
图 12　宁公遇塑像及"宁公遇"字迹 / 099
图 13　同蒲路北段略图 / 107
图 14　修筑中的同蒲铁路宁武段 / 108
图 15　宁武县城楼 / 127
图 16　宁武县城内纪念周遇吉之牌坊 / 128
图 17　晋祠龙柱 / 137
图 18　晋祠真趣亭 / 138
图 19　晋祠周柏 / 147
图 20　天龙山重檐阁大佛 / 156
图 21　天龙山第十四窟菩萨像 / 157
图 22　天龙山大雄宝殿 / 160
图 23　娘子关 / 168
图 24　正太铁路寿阳车站全景 / 169

图 25　太谷城大街 / 174

图 26　铭贤学校图书馆新闻阅览室 / 175

图 27　太原城鸟瞰 / 193

图 28　太原火车站 / 194

图 29　文瀛湖 / 196

图 30　太原海子边 / 197

图 31　洪洞"古大槐树处" / 205

图 32　尚志《游"古大槐树处"记》插图 / 206

图 33　绛州城门 / 216

图 34　绛州塔 / 217

图 35　灵岩寺砖塔 / 242

图 36　霍县北门外石桥 / 253

图 37　霍县北门外石桥上的铁牛 / 254

图 38　广胜寺下寺前殿前面 / 258

图 39　广胜寺上寺飞虹塔 / 264

图 40　飞虹塔内部楼梯断面 / 265

图 41　广胜寺上寺前殿两山纵断面略图 / 265

图 42　广胜寺上寺正殿菩萨 / 268

图 43　广胜塔 / 289

图 44　南禅寺 / 290

图 45　民族革命大学生活素描之一 / 300

图 46　民族革命大学生活素描之二 / 301

图 47　垣曲县政府 / 306

图 48　长治县城 / 307

第一辑 云冈恒岳

记大同武州山石窟寺

陈　垣①

距京绥路大同站西二十里,左云县云冈堡有石窟寺,为拓拔氏遗构,盖千四百七十年于兹矣。以比伊阙石窟,尚早五十年。凿山为岩,因岩镌佛,岩高者二百余尺,可受三千许人;佛高者六七十尺,雕饰奇伟,冠于一世。"山堂水殿,烟寺相望",《水经注》所称赏也。"栉比相连,三十余里",《续高僧传》所夸许也。徒以远处塞外,交通不便,故好游之士,鲜探其奇。迄今京绥路通,日夕可至,同人乃以戊午重九前三日约往游焉。循武州川溯流而上,经观音堂,入武州塞口,则见石壁峭立,绵亘无际。壁多摩崖之碑,文体浸没,犹存廓形。路侧有

---

① 陈垣(1880—1971),广东新会人。历任北平师范大学、辅仁大学、北京师范大学教授。著有《元西域人华化考》、《明季滇黔佛教考》、《通鉴胡注表微》等。本文原载《东方杂志》1919 年第 16 卷第 2、3 号。

双钩佛字，高逾寻丈，殆所谓佛字湾者也。至左云县界，则石洞千孔，如来满山，鬼斧神工，震骇耳目。渐近云冈堡，则见绿瓦层楼，依山结构，高出林际，俯瞰晴川者，石佛寺也。据《魏书》，佛应作窟。寺仅三楹，堂奥浅隘。寺僧引入后洞，黑暗异常。佛图四周，巨细不一，灯光隐约，不可辨认，因致疑雕工精美，何取乎黑暗至此。既而登楼一览，始知洞上有洞，本可透光，其所以黑暗者，寺掩之也。寺修于清顺治八年总督佟养量，建筑不得法，故光线不足。像有剥琢，傅以土垩，尽失原形。金碧辉煌，徒取炫目，泯绝古意。其实寺东西诸窟，有窟无寺，栉比数里者，皆为石窟寺。后人修其一寺，名曰"石佛"，陋也。其未经修饰诸窟，虽甚剥落，然远望缥缈，容态转真。窟别异形，无有复制。至于裸体神女，振翮凌空，宝相庄严，拈花微笑，则极画像之奇观，尽人工之能事矣。惜乎古洞荒凉，荆榛满目，村民占居，十之七八，衽席炊爨，悉在佛前，断瓦颓垣，横阻当路。或土埋佛身，已过半膝，或偷凿全体，新留斧痕。过此不图，日即湮灭，是则有司之责也。最可异者，同人遍历二十余窟，无一碑碣足供考证。即游客题名，亦绝无仅有。寺西有佛籁阁扁,寺东有碧霞洞云深处朱廷翰等石刻,皆漫漶单简,不足为典要。以故龙门造像,宇内知名;武州石窟,言者盖寡。同人因为题名而返。余归而神往者久之,乃摭拾群籍,著为斯篇,亦以补金石之缺略,俾后至者有所考证云尔。同游六人,叶恭绰誉虎,俞人凤翙梧,郑洪年韶觉,翟兆麟瑞符,邵善闻文彪。俞、翟、邵三君,皆京绥路工程师也。一九一八年十月,新会陈垣记。

《魏书·显祖纪》:皇兴元年八月丁酉,行幸武州山石窟寺(卷六,时帝年十四)。

史纪魏帝之幸石窟寺,自此始也。皇兴元年,当西历之四百六十七年。前此闻幸武州山,未闻幸石窟寺。《魏书·礼志》:"太宗永兴三年三月,帝祷于武周、车轮二山"是也(武州或作周通)。永兴三年,当西历之四百十一年,此时未有石窟寺。惟自皇兴元年以后,则帝幸石窟寺,凡七八次。或岁一幸焉,或间岁一幸焉。未知史有阙文否乎。盖常有《魏书》纪者,《北史》无之矣。

抑有奇者,诸帝之幸石窟寺,多在冲幼之年,其殆太

图1 云冈石窟寺外景
（摄于20世纪30年代）

图2 云冈石窟寺大佛
（摄于1934年）

后所挟与俱往者乎？不可得知也。

四年十有二月甲辰。幸鹿野苑、石窟寺（卷同上，时帝年十七）。

《高祖纪》：延兴五年五月丁未，幸武州山（卷七上，时帝年九岁）。

此未言幸石窟寺也，然以前后书法例之，则当然幸石窟寺。

太和元年五月乙酉，车驾祈雨于武周山（时帝年十一）。

祈雨未必至石窟寺，然车驾至武周山，则必经石窟寺。今石佛寺左侧，尚有一龙王庙，其殆古之遗制乎？

四年八月戊申，幸武州山石窟寺（时帝年十四，《北史》不纪）。

六年三月辛巳，幸武州山石窟寺（时帝年十六）。

七年五月戊寅朔，幸武州山石窟佛寺（时帝年十七，《北史》不纪）。

八年六月戊辰，武州水泛滥，坏民居舍。

秋七月乙未，幸方山石窟寺（时帝年十八，《北史》不纪，以上均卷七上）。

方山在今大同县北五十里（据《通志》），有拓拔氏二陵，及方山宫址在焉。此言幸方山石窟寺者，未知方山亦有石窟寺乎，抑幸方山又幸武州山石窟寺乎？以皇兴四年幸鹿野苑、石窟寺之书法例之，则幸方山又幸石窟寺也。然方山既偏北五十里。武州山又偏西二十里，一日而幸二地，不无疑焉。抑方山别有石窟寺，因武州水泛滥后，不幸武州而幸方山乎？

且自是年以后，直至太和十八年迁洛以前，十年之间，不复见帝幸石窟寺。史阙文乎？不可知也。

《肃宗纪》：熙平二年四月乙卯，皇太后幸伊阙石窟寺，即日还宫（卷九，时帝年八岁）。

伊阙石窟寺，建于孝文迁洛之后。《洛阳伽蓝记》曰"京南关口有石窟寺、灵岩寺"，亦缘武州山石窟寺得名也。自显祖皇兴元年，始幸武州石窟寺，至肃宗熙平二年，始幸伊阙石窟寺，其间适五十年，则二寺创建之先后,可概见矣。

孝昌二年八月戊寅,帝幸南石窟寺,即日还宫(卷同上,时帝年十七)。

谓伊阙石窟寺为南石窟寺,则武州石窟寺为北石窟寺也。

《出帝平阳王纪》:永熙二年正月己亥,车驾幸崧高石窟灵岩寺(卷十一,时帝年二十四)。

崧高石窟灵岩寺,即伊阙石窟寺,由武州石窟寺得名。见《释老志》、《水经注》,及《续高僧传》。

魏帝之幸武州寺,史数数见,而幸伊阙寺只三见,顾何以世人多称伊阙之巨制,而少言武州之伟观?则以伊阙当中原六通四辟之冲,而武州则僻处塞外也。使吾人生铁道未兴之世,亦不易游此。今伊阙寺有陇海路可达,武州寺又有京绥路可达,他日辀轩所及,武州寺之遗碑断碣,必有新得于野老耕氓者。

《魏书·释老志》:太安初,有师子国胡沙门邪奢遗多、浮陀难提等五人,奉佛像三,到京师。皆云备历西域诸国,见佛影迹及肉髻,外国诸王相承,咸遣工匠,摹写其容,莫能及难提所造者,去十余步,视之炳然,转近转微。又沙勒湖沙门赴京师,致佛钵及画像迹。初昙曜以复佛法之明年,自中山被命赴京。帝后奉以师礼。昙曜白帝,于京城西武州塞,凿山石壁,开窟五所,镌建佛像各一,高者七十尺,次六十尺,雕饰奇伟,冠于一世(卷一百十四)。

皇兴中,又构三级石佛图。榱栋楣楹,上下重结,大小皆石,高十丈。镇固巧密,为京华壮观(卷同上)。

武州塞之石窟,始凿于昙曜,据此毫无疑义。昙曜之赴京,在复法之明年,即兴安二年,西历四百五十三年也。是时佛法初复,图像大兴,西域画像,接踵而至。魏之先世,本有凿石为庙之风(见《魏书·礼志》)。佛教又重偶像,故能致此奇伟。武州诸像,未识是否为难提等五人所造。然至今石质剥落,间有影迹模糊,近而即之,一若无有,远而睇之,神态宛在者,正与所谓远视"炳然,转近转微"之说相合,则真足代表五世纪东方美术之一斑也。

景明初,世宗诏大长秋卿白整,准代京灵岩寺石窟,于洛南伊阙山,为太祖、文昭皇太后营石窟二所。初建之始,窟顶去地三百一十尺。至正始二年中,始出斩山二十三丈。至大长秋卿王质,谓斩山大高,费功难就,奏求下移就平,去地一百尺,南北一百四十尺。永平中,中尹刘腾,奏为世宗复造石窟一,凡为三所。从景明元年至正光四年六月已前,用功八十万二千三百六十六(卷同上)。

景明在迁洛之后,去复法之岁,约五十年,则伊阙石窟后于武州石窟,亦约五十年。从景明五年(西五〇〇)至正光四年(西五二三),其间二十四年,仅造窟三所,已费工如此。武州石窟,奚止三所,则其工程之巨可知矣。

《水经注·灢水》条下:其水又东北流注武州川水,武州川水又东南流,水侧有石祇洹舍,并诸窟室,比邱尼所居也。其水又东转径灵岩,凿石开山,因岩结构,真容巨壮,世法所希。山堂水殿,烟寺相望,林渊锦镜,缀目新眺。川水又东南流出山。魏《土地记》曰:平城西三十里,武州塞口者也(戴校本卷十三)。

《水经注》撰于后魏太和之世,去石窟寺之建,不过四五十年,其所记载,至可信据。据《魏书》则昙曜所凿者只五所,而此已曰"山堂水殿,烟寺相望",可知昙曜开山以后,凿者甚众,皆在郦道元注《水经》以前,而不尽在齐、隋以后。又曰"林渊锦镜,缀目新眺",则当年景色,美丽可想。武州川水自西北来,先经石祇洹舍,则今石佛寺以西诸窟,必有比邱尼所居之遗迹,惜不能指其处矣。其水东转所径之处为灵岩,是灵岩者本地名。有称石窟寺为灵岩寺者,寺因地得名也。

《续高僧传·元魏北台恒安石窟通乐寺沙门释昙曜传》:释昙曜,未详何许人也。少出家,摄行坚贞,风鉴闲约,以元魏和平年,任北台昭元统,绥辑僧众。妙得其心。住恒安石窟通乐寺,即魏帝之所造也。去恒安西北三十里,武州山谷,北面石崖,就而镌之,建立佛寺,名曰灵岩。龛之大者,举高二十余丈,可受三千许人。面别镌像,穷诸巧丽;龛别异状,骇动人神。栉比相连,三十余里。东头僧寺,恒供千人。碑碣见存,未卒陈委。先是太武皇帝太平真君七年,司徒崔浩,令帝崇重道士寇谦之,拜为天师,珍敬老氏,虔刘释种,焚毁寺塔。至庚寅年,太武感致疠疾,方始开悟。帝既心悔,诛夷崔氏。至壬辰年,太武云崩,子文成立(子,应依《开元释教录》作孙),即起塔寺。搜访经典。毁法七载,三宝还兴。曜慨前陵废,欣今重复,以和平三年壬寅(此七字照《开元释教录》加入),故于北台石窟,集诸德僧。对天竺沙门译《付法藏传》,并《净土经》,流通后贤,意存无绝(卷一)。

"魏帝所造",魏文成帝所造也。文成以前塔寺,既为太武所毁,则此灵严石窟,必为文成复法以后所造,盖即昙曜白帝所造也。曰"东头僧寺,恒供千人",疑即今石佛寺东之最大石窟,然已荒落不堪矣。既曰通乐,又曰灵岩,则寺非一寺,名非一名,记载缺略,至为可憾。此传成于贞观十九年,当西历之六百四十五年。《古今译经图记》、《开元释教录》、《贞元新定释教目录》,均沿用其文。《贞元释教录》成于西历八百年,而于"碑碣见存,未卒陈委"二语,亦复沿用,未识当时碑碣,果否有流传也。清初迄今,不过三百年,而道旁摩崖诸碑,已无一可辨。盖此山之石,松而易泐,不耐风雨,造像犹可,刻碑未见其能永年也。

《大唐内典录·后魏元氏翻传佛经录》:元氏之先,北代云中庬也。西晋之乱,有拓拔庐,出居晋楼烦地,晋即封为代王。至庐孙舍翼犍,或言涉珪,《魏史》云即道武皇帝,魏之太祖也,改号神瑞元年,当晋孝武太元元年也,出据朔州东三百里,筑城立邑,号为恒安之都。为符秦护军,坚败后,仍即真号。生知信佛,兴建大寺。恒安郊西大谷石壁,皆凿为窟,高十余丈,东西三十里,栉比相连,其数众矣。谷东石碑见在,纪其功绩,不可以算也。其碑略云,自魏国所统赀赋,并成石龛,故其规度宏远,所以神功逾久而不朽也(卷四)。

神瑞元年,当晋安帝之义熙十年,非晋孝武太元元年也。改号神瑞者,是魏太宗,非魏太祖也。魏太祖天兴元年,始自云中徙都平城,即今大同县,所谓恒安之都也。《魏书·释老志》,天兴元年,下诏敕有司于京城始作五级佛图。太宗践位,始于京邑四方,建立图像。则恒安郊西石窟寺,必非建于太祖之世也。《大唐内典录》皆误。录撰于麟德元年,当西历之六百六十四年,云谷东石碑见在,此碑当即释道宣撰《续高僧传》时所见之碑。碑称魏国,并言神功久而不朽,则疑非魏碑,或齐隋以后之碑也。

是录与《续高僧传》,皆言石窟相连三十余里,以今考之,实无此数,则石窟圮夷者众矣。特未知撰者有信口大言否耳？外人讥吾国游记,里数至不足据,此或其一端也。

雍正《朔平府志·古迹·左云县石佛寺》：在县东九十里云冈堡,又名佛窟山。传自后魏拓拔氏时,始于神瑞,终于正光,凡七帝,历百十余年。规制甚宏,原寺十所：一曰同升,二曰灵光,三曰镇国,四曰护国,五曰崇福,六曰童子,七曰能仁,八曰华严,九曰天宫,十曰兜率。其中有元载所造石佛二十龛。石窟千孔,佛象万尊,由隋唐历宋元。楼阁层凌,树木蓊郁,俨然为一方胜概。迤东数武,有石窦喷水,清冽可饮,行道多藉焉,题曰石窟寒泉,即左云县四景之寒泉灵境也。康熙三十五年冬,圣祖仁皇帝西征回銮幸寺,御书"庄严法相"四字(卷三)。

武州石佛寺,唐以前均称石窟寺,今《山西通志》亦称石窟十寺。曰"始于神瑞,终于正光",不知何所据。然康熙《通志》已言之,或《明志》沿《大唐内典录》神瑞元年之说及《魏书·释老志》正光四年之说而误欤?神瑞之说,辨已见前。正光之说,乃指伊阙石窟,非武州石窟也。十寺之名,亦见康熙《通志》,未知其为魏寺乎,抑隋唐以后所建之寺乎?曰内有"元载所造石佛二十龛",康熙《通志》作"元载所修石佛十二龛",雍正《通志》则曰"内有元时石佛二十龛",光绪《通志》因之。修者修其所本有,造者造其所本无。未知是造乎修乎?元载是否即元时?二十与十二孰当?无可考也。

曰"由隋唐历宋元"者,笔误也。由辽迄金,三百余年,大同朔平,终非宋有。则此中石窟,宋人何尝梦见。

石窟寒泉,或作石窑寒泉,窟、窑形近易混。今犹有水涌出,亦在道旁一巨窟中也。

西征回銮者,康熙帝西征厄鲁特噶尔丹回銮,由归化城入口，以十二月初十日次左云县，驻跸生员范澎宅。十一日幸云冈石佛寺也。今御书匾额犹在。

雍正《朔平志》载清人题咏甚多，附录如后，以当辀轩之采。

胡文华　　游石窟寺

西林天竺迹，春日上方游。片石三千界，微尘四部洲。香花金粟现，钟磬白云悠。俯此群生劫，何缘彼岸舟。

孙鲁　　重阳后一日过云冈次曹侍郎韵（曹溶，秀水人，康熙初大同守道）

郊原秋色满山椒，出郭盘崖石蹬遥。峦隐旃檀藏宝相，碑残拓拔纪前朝。雕甍丹艧开金刹，月渚依微涌海潮。披拂霜华寻鹫岭，西风马首上岧峣（此首并见康熙《山西志》卷三十二）。

王仪　　石佛寺二首

巉崖暂憩啸临风，却爱空楼望不穷。淡淡湍烟移嶂岫，泠泠倒水出溪巃。碑遗古院神工罕，经晒高台夕梵同。净接青莲天地辟,石床深洞月朦胧。

千仞孤峰百尺楼,云天高并两悠悠。西秦风雨当轩梦,北魏烟岚半偈收。更有寒山支介石,岂无轮海泛虚舟。远鸥独立坡沙浅,分得寻常几点秋。

王度　　云冈佛阁

耸峰危阁与天齐,俯瞰尘寰处处低。亿万化身开绝巘,三千法界作丹梯。乾坤再辟雷初奋,海岳重光月指迷(指西征回銮)。我欲凌虚朝玉陛,好从灵鹫问金泥。

刘士铭　　石泉灵境(刘宛平人,雍正间朔平知府)

崒嵂崇冈远泼蓝,天容树色落寒潭。千寻翠壁云为幔,丈六金身石作龛。在昔鸾旗朝鹫岭,于今水月照瞿昙。灵湫清澈浑如镜,手把龙团望朔南。

赵允炇　　云冈石佛寺（赵闽人）

云冈遥望近莲台,胜概留人去复回。色界有堂皆法相,化身无石不如来。楣题凤篆龙飞额（指康熙御书）,梦入金光目绝埃。剞劂料非人力就,昔年端得五丁开。

郑中　　选前题和韵

偶然登眺上楼台,苍翠层层至北回。峭壁远从天际削,御书遥自日边来。寒泉清冽多幽致,划石烟笼绝俗埃。不是神灵能效顺,化身亿万那从开。

石碣韵　　石佛寺四首

峻嶒龛苔倚云开,昙影缤纷天际来。三十二观随处是,石莲浮动现金胎。

茎草原从帝释开,妙同宝月印川来。推开慧海留生面,亿万恒沙结髻胎。

宝宫杰构五丁开,金粟飞花匝地来。何处是空何处色,须弥芥子一般胎。

心眼关头不易开,维摩悟后谒飞来。饱参玉版三乘偈,笑指摩尼五色胎。

　　王达善　　寒泉灵境
　　一脉元从石罅来,湛于秋镜缘于苔。羌人不解煎茶法,下马争分涤酒杯。
　　(以上均见卷十二)

大同石窟寺

谢国桢①

沉闷的旧京,困人的天气,在浓厚的空气当中,处处都感着压迫;尤其是埋头在研究室的人们,更感觉无聊,听到有人约我们出去游玩的消息,就同困鸟出笼一般,一飞就飞到大同。

事前的头一天,我的朋友方君壮猷,约我一同去逛大同。第二天的午前十时,我们在西直门车站会集,乘平绥路十一时三十分的车出发。那时是初夏的时光,蜒蜒的火车,从绿阴中经过,穿过了无数的山岭,南口的战场,长城的伟迹,苍翠的树木,秀丽的山色,都现在我们的眼帘。火车走过了青龙桥,就是平坦的大路,到了张

---

① 谢国桢(1901—1982),字刚主,河南安阳人。曾任北京图书馆编纂、北京图书馆金石部主任。后在云南大学、南开大学等校任教。1957年后任中国科学院历史研究所研究员。著有《晚明史籍考》、《明清之际党社运动考》、《明末清初的学风》等。本文原载《国风》1934年第5卷第6、7合期。

家口已在夜间八九点钟了。火车在不辨方向的黑暗的夜中前进。一辆似二等而非二等的火车，充满了丘八太爷，恶浊的空气中加了不少纸烟的臭味，而八太爷的谈判又形发生：

"喂！第十九路军第三旅第五营三连的王连长，你可认识么？"

那一位穿着灰布军衣衣服不整的同志，又接着说道：

"三棚的头目王连陞，他已经开了差喇！"

自从谈李副官作了团长发了大财，一直谈到平绥路上的小绺偷了女人的皮鞋故事。由嘈杂的人声中，又归于平寂。八太爷东横西竖，在车中鼾声大作。除了听见汽笛的几声叫唤，还有车轮子不住的走着的响声，一切都归于寂寞了。夜深了，不耐烦起来，到车快要停的时候，我出去车门，看见一片白茫茫的沙土，树林中间有几个灯影。我问了路警，他回答我说："这一站是阳高，再有一个大站就是大同。"我喜欢极了。不到一个钟头，火车就停下来了，我们就下了车，恰恰是夜中三时四十分。

因为在路中认识了一位北大的学生，他也是从大同下车,他做我们的领导,他教我们住西门内的琵琶老店。但是到了大同,他们店已经住满了客,由琵琶老店的伙计,介绍到车站附近的永义客栈住下。一间被煤烟熏过的屋子,屋子中间只有一个大土炕,炕上摆了一张半明半灭的煤油灯,我多少年不过的外乡的旅店生活于今又形领略。我们少微休息了片刻,吃了点面条,那时天色已微亮了,就托店家雇了一辆轿车,到云冈去。

微明的天色,一辆破旧的轿车在一片沙土上行着,远看着已经颓废黄土堆成的城墙,仅剩下几堆东倒西歪的土块,有一群的骆驼在城边上走,真是别有一番风味。进了土城的玄冬门里边还有一层城墙,就是新城,然实际上,墙上的炮痕很多,——是前几年阎冯之争打坏的——也不能算是新城了。大同最热闹的地方买卖还不坏,是十字街上四门的四条大街的交叉点。我们经过了十字街一直住西去,出了西门,就到乡间,往西去全是山路,山全是砂碛堆成,一棵树木也没有,仿佛是被火烧过一样,偶然有一棵杨柳好像是插在上面一样。山上出的是石灰、煤末。石炭、石灰的成分,全现在外面,我们一望就可以看见。我们在山边上走,经过了佛索湾,远远看见山腰当中有一片树林,树林的山半腰里有一座绿色的楼阁,涉过一条山涧,不满半尺深的水,车子可以过去,那就是石窟寺。

我们未谈石窟的内容以前,不妨先谈石窟寺简单的历史。

石窟寺是在北魏拓拔氏释昙曜造的,比洛阳的龙门造像还要早五六十年。是北魏初入中国,建都的所在,所以他的石刻也比龙门精美得多。原来北魏太武皇帝太平真君极喜欢道士,听了司徒崔浩的话,崇信道士寇谦之,拜为太师,尊敬老氏,毁灭佛法,把庙和塔全都焚毁了。不久太武皇帝就得了病,他信以为得罪了佛法,改快悔过,把崔氏杀了。太武崩了,子文成立,这时候昙曜正住在武州(就是大同),他劝皇上赶快崇信佛教,修理庙宇,就在武州的西面,离城三十里,云冈山的地方建立祠庙。昙曜的意思是:佛法既然遭了这场损失,非切实的提倡不可。他以为木雕的佛像,不如石刻,石刻小的,不如大的,要是石刻的石像,有几十丈高,那么无论如何,是毁灭不掉的了。所以就在云冈山,开始凿洞刻石像,自北魏神瑞修起,至正光年间方才完工,历时约一百年，共凿了十几个大洞，自然不是一个时期一个人的力量所能够办的。共修了十个大庙，他的名目是：同升，灵光，镇国，护国，崇福，童子，能仁，华严，天宫，兜率。

里面的大佛，大的有七八丈高，满洞全刻着小佛和画像，尊严莫比。这种雕刻是印度的犍佗罗式，是由印度和罗马的艺术融合而成的，佛法东渐，这种像教的方法也流传到中国，由中国再流传到日本。这个云冈的石窟就是代表佛教美术由西到东，他流传经过的一种，在艺术上，宗教上，民族史上占有最重要的价值。

同时不但在此一点，那时昙曜既凿了石窟，就在石窟里翻译了不少的佛经。六朝时代文学批评家刘勰，他少年在北朝当和尚的时代，也住在这个庙内翻过经。你看这又在文化史又有怎样大的价值呢！

我想当时凿洞的时代，必不会洞外再盖上楼阁，因为屋上架屋，反把里面失去了光线，这是不会有的事。果然不错，我看了明代高懋功的《云中记程》，他说"倚山架木，为楼三层，因石凿佛，像高与楼齐"，这可见楼阁的建筑，最晚是在明代以前才有的。

石窟寺在历史上有这样大的价值，但是到了明代以后，就渐渐没有人注意。在明代的记载，有高懋功的《云中记程》，吴伯与的游云冈的诗和小引刻在《素雯斋集》里面。到了清初，康熙皇帝征服鲁特噶尔丹回来，曾游了一回云冈，题了"庄严法相"四个大字。文人朱彝尊他曾到了大同两次，他做了游记一篇，以后可以说"阒乎无人"。我们要知道为什么明代有人记载，而清代反到没有？因为明代防御北虏俺达，宣大是北边的重镇，所以像明武宗这样风流的皇帝，也要跑到大同，演出游龙戏凤的风流艳史，自从康熙以后，内外蒙古内属，所谓文人雅士们，只贪恋着"六桥烟水山光明媚的风景"，谁又肯到沙漠地里去看荒山砂碛呢？况且扬州十里，卷上珠帘，尽有佳丽，走马云冈，酒家寻风的雅事，又大可不必了。

这是最近十几年的事，自从平绥路通过之后，有不少好奇的东西洋人，偏偏要跑到沙漠里去，一眼就看见云冈，如同获见重宝一样。第一个做文章的人就是日本人伊东忠太，在日本的明治三十五年做了一篇《支那山西云冈石窟寺》，后来跟着法国人 E Chavannes 氏 *Mission Archéologique Dans la Chine Septentrionale* 之图录，日本人某撰《大同石佛大观》，大村西崖氏之《支那美术史雕塑篇附图》等。不少的专书，像《极东三大美术》《佛教美术》《世界美术全集》等，都记有大同云冈的遗迹。所以云冈到近代在佛教美术上已成专门的问题，在吾国如史学家陈援庵先生，也有《大同武州山石窟寺》等不少的记载。云冈这个地方，虽然渐次地为人所注目，但同时因为外国人爱云冈石佛的艺术想把带回去，不惜重价来收买，庙内不肖的和尚和本地人，偷偷地把佛头砍下来，卖给外国人，云冈的佛像，大半归于无头的了，这又是谁的责任呢？

闲话休题，我们的轿车得得地涉过了山涧，一转湾就到了石窟寺的庙门，碧巍巍的楼阁，现在我们的眼前，门前有"石佛古寺"四个大字的匾额，庙门内有两个碧琉璃的石猊，有一个石猊的头，已被斩去。我们正在那里徘徊，就有一位八太爷来干涉我们，才知道前几天张溥泉先生来逛云冈，看见庙破了，石佛头没有了，才通知当局驻兵来保护，把偷卖佛头的大法师也捉将官里去了。

我们通知他们，我们是来考察古迹的意思，经他们的许可，就有一位武装的同志，拿了一枝插洋烛的长竿，为我们作领导。我们进了第一个窟,正中就有一个七八丈高的大佛,气像非常的庄严,旁边无数的小佛,还有许多宝马犀象等等的装饰品,后来洞顶雕刻着飞行的天使,裸体的天女,完全代表印度的景象,与已经受过中国文化的塑像不同,可惜被五彩的颜色,粉饰坏了。最大的石佛,好像一个大柱子,可以由佛的身右边进去转到左边出来,我们从佛的左边进去的时候,洞内乌黑,没有光线可以进去,使我们非常的失望,没有带电筒来,经武装的同志,把洋烛燃着,洞中微微地有点光明,看见洞中的景象,真有教我们想不到的惊讶和赞叹。原来这几乎十丈高的深洞三四丈深的地方,由洞顶的平面,一直到洞的壁上下左右,刻着无量数的大小佛像,和无量数的花鸟石栏宝塔的点缀,那种庄严的态度,微妙的景象,真是教我想着世界的事业,没有比他再伟大的!想不到烂枯的灰山,好像被火烧过山岩,寸草不生的土地,山上看不见一棵树木的地方,会有这样尊严玄妙的境界,虽然我在那里一霎那间,而可以得到无上的安慰。

  我们从佛的右边出来,武装同志领我到楼上去,楼共有四层,我们到最高的一层,才与佛的头相平,而佛的头还在四层楼的顶上。依着楼的栏杆可以看见，庙外一□凄凉枯槁的山色，像《水经注》上所说"山堂水殿，烟寺相望"，高懋功所说"楼外绿树扶疏，翠巘拱列"，现在已不知道到哪里去了！楼板楼梯，损坏的又很多，走起来，非常的危险。我们下了危楼，再游第二个窟，比第一个少微小一点，但雕刻的都非常的精严。我看见石壁上雕刻了不少壁画，他的古朴，不亚于武梁写造像，而雕刻的艺术比他进步得多了。我以为于考佛教的历史最有关系，可惜我不懂得佛教史，不能知道他的来历。后来看日本人木下杜太郎的《大同石佛寺》，有谈到他的故事，我把他的名目写下来：

一，少年悉多弓技之图

二，后宫嬉游之图

三，父子对话之图

四，与老者邂逅图

五，与病者邂逅图

六，与死者邂逅之图

七，与沙门邂逅之图

八，妇女睡眠之图

图 3 云冈第一洞外石佛
（摄于 1934 年）

图 4 云冈第五洞石壁佛像
（摄于 1934 年）

九，出家逾城之图

以上这些名目，可供研究佛教美术的参考。我们从第二个窟出来再游第三个窟，北魏造像太和七年的题字（我在北平山本照像馆发见尚有一个年月模糊的题字，据说是一个三丈高的石窟顶上），在这洞的右边的顶上有三四丈高，很不容易摹拓。经武装同志的领导，共游了五个窟。在云冈的石窟大小不下于二三十处，现在有缺坏的，有已经湮没了，被盖成民房的，然而现存的也不下廿多处，因为有许多石佛头被人盗卖，现在已经封锁，他们不能领导教我们去。以我们已经看过的五个窟看来，佛像已被粉饰的，多半失去了本来面目，倒是山半坎的未被粉饰的佛像，的确保存了不少尊严的存在。尤其我看见洞口一个持叉的大佛，和洞内裸体持弓，脚下骑着大鹏鸟的佛像，纯粹是西来方式，最可珍贵。不过云冈的佛像是砂碛堆堆的山，远望看去好像黄土堆成的山，决不会疑心他是石质，我们用手扪佛像，上面的砂碛可以应手而下，为什么可以保存到一两千年之久，这是一件不可解的事情？我们从洞外面看来，洞上的字有的题"佛籁洞"，有的题"西来第一山"的。洞外的楼阁系用绿琉璃瓦盖的,每一个柱子的顶上,均塑一个鬼面,建筑也别有风格。我因为看见北魏的造像题名和壁画,很想寻一张拓本,但想尽千方百计,全作不到,后来找了庙内一位小学教员,他引导我们到他的屋内休息,看见一张佛像的拓本,但也只可望梅止渴罢了。

这样着在三四钟点内,来逛一座一百年修成的石窟,本来得不着许多要领,不过以我们走马观花,所得到的结论:云冈的石质本不甚好,时时有损坏的可能,所以云冈这个地方,只有塑像,而没有题名,因为字容易模糊,所以连宋以后的题名文字都找不着。据《大同府志》上说:共总有十个寺,连绵有二三十里,可想当时只是依山作窟,窟外并没有楼阁。自从宋元以后,建筑了楼阁,有的保存,有的损坏了,所以十个寺就不易分辨出来。及至清代光绪年间,邑中不懂事的人,又加了一层粉饰,本来的面目失去大半。到了近来年久的损坏,和外国人的盗窃,可以说是硕果仅存了。我们要保存他,只有这几个方法:

第一,赶快修理已有的楼阁,把没有损坏的佛像,好好地保存起来。

第二,趁着石像还没有大损坏,全都用照像的方法,或摹拓的方法,全摹拓下来副本,以供学者的研究。

第三,像我们这样的平民,既然没有保存的能力,最好赶快到大同去参观,还可以看见北魏初年的雕刻的景象,或者来发表一两篇文字,来促醒当局请他们赶快地保护;请历史学家起来研究,要不然雨打风吹任他一年一年地颓败下去,恐怕像现在这个景象都没有了。吾国的在文化史上的遗迹,一天一天地消灭是怎样一件可悲的事情。

我们出来庙门,到了一个小店里休息,一个屋子里只有一个大炕,炕上摆着矮桌子,矮板凳,人们在炕上席地而坐,颇有唐代的风味。老板的娘子引我们到她家里去坐,有两个十二三岁的小姑娘出来应客,打扮的却也干净,这也许是凤姐的遗风吧!我们休息了片刻就坐着轿车回去。

我们坐在轿车上,观看山旁已废的石窟,残破的石佛,到处都有凄凉的感想。从佛字湾过去,就是观音堂,我恐怕也是十寺之一,当年这个地方有藤罗水木,但是现在已完全残废,仅有门前一块碧琉璃的壁,是一件古物。从观音堂往回路走不久就看见城郭,有一处大殿,在城外就可以看见那就是华严寺的上寺,我们进了城就到了华严寺去。是北魏时代的庙,辽金时代重建的,大殿的工程很大,建筑地非常壮丽,庙内有一块辽太康二年修的尊胜陀罗经石幢在院内放着,已经损蚀了。殿内有两块明成化和万历的碑。由上寺出来,到华严下寺,金代名作薄伽教藏,没有上寺的雄壮,庙的前面已改为小学校,有《大金国西京大华严寺重修薄伽教藏记》,云中段子卿撰,《元西京日圆照明公和尚碑铭》,如意老人撰,松庵悟圆书。我在这庙内,听见城南的南华严寺,有最好的古碑,我们赶快到城南去。这回来,我们去,我们似乎大失所望,一座最破的庙,大殿已经露了顶了,半天我们也没有访着一块碑,后来遇见耳聋的老者,他领导我,在四大天神的背后,发现两块金代的石刻,一块是大定十六年《大金西京大普恩寺重修大殿记》,碑已中断;一块是明昌元年《大金西京大普恩寺重修释迦如来成道碑》,党怀英篆额,道显撰文。我看了三个庙,要以这个庙最残破,恐怕再有三五年就要变成瓦砾了。

  大同这个地方,是在北魏和辽金元时代北边的重镇,上西北去的咽喉,他们留下来的庙宇古迹很多,当不止我以上所说的这几个庙,这不过举其大概罢了。我们除了游这几个庙,就是到城东大街的九龙壁,这个壁比北海公园的要大过一倍,是辽金时代学宫的壁,现在学宫久无,此壁仅存,前边开了一个池子,名教灌池,一般的绅士们,当作祈雨的神壁了。

我们从九龙壁回去,休息了一夜,明天早晨上城东的曹福庙,曹福庙就是供的旧剧上所说的南天门走雪山的老曹福塑的像,倒很有风彩。其实是一座真武庙,名教玄都观,有明洪武二十九年、成化十三年、弘治三年、嘉靖二十六年、万历三十三年的碑记,碑全在山坡上,陆放翁诗"寻碑野寺云生履"的风味,我第一次尝着。我们盘旋了半天,就回到城里,下午听了一次秦腔,我们逛大同的游兴就算中止。

不过在大同的风俗上,我们看见云冈的土炕,炕上的桌凳椅,与日本相同,又他们的讲话,读百作鳖,与日本的百作ヒセク,仅少了一个语尾ク,我们可以看见中国文化传到日本的确据。

大同这个地方,近于沙漠地带,天气寒热不时,我们五月初去的，屋内还生着火。我们从大同动身的时候，身上穿着棉袍，火车越往南行，我们一层一层地剥下，既至火车到了青龙桥，我们穿了一件单衫还嫌热，看见山林苍翠欲滴的景色，长城和居庸关的雄壮，我们还想鼓着余勇，再逛十三陵，但是因为时间的关系，终于作罢。但是大同那一种苍凉的景色，和佛像的伟大，常常盘旋在我脑子里面，当我一觉初醒，听见远远汽笛的声音，仿佛是三点四十分又到大同了。

民国二十一年五月三十一日回想旧游写这一篇文章于国立北平图书馆编纂室

恒山游记（附雁门关游记）

吴少成①

　　五台山之游既毕，乃与开成和尚，作恒山之游。明时游者，有徐霞客，近今有蒋维乔。盖山之位置颇远，游人不易到故也。山距五台山约四百余里，地在五台山东北，属山西大同府之浑源州，为五岳中之北岳。由五台山而北，途中皆山，二人步行而去。

　　十月二十四日，由五台山东台而下红门堰岭，山势高峻，积雪深三四尺，余偶一不慎，两足深入，同行者为之鼓掌。由此观之，步履之难可知矣。由岭东北行，渐行渐低，已入山之阴矣。乱石环绕，枯木杂树，时有所见。二十里至太平沟，走山涧间。复登山，山势益深，渐行渐高。峰回路转，赖有导者，不然必不知从何路前也。

---

① 吴少成，江苏人，曾客居山西，生平不详。本文原载《旅行杂志》1927年第1卷冬季号。

此时夕阳将下,得一峰,造绝顶,俯视群峰,罗列足下,山气氤氲,夕阳为云所蔽,时出时没,或红或紫,或圆或椭圆,时现云表,时入云下,如浮沉然,峰头亦为山气所浮沉。此情此景,虽不能与东岳日观之盛比,要亦可称奇观矣。吁!天地之间,无奇不有,然非目睹,不足以称奇。时天已黑,竟忘身在山野。待性倦乃下,幸途有积雪,天黑而雪亦能发光,不过步行须慎。不十里,至野厂宿焉。

二十五日,天气清朗。晨六时,即起,整装而北。途中雪益深,而山路崎岖,较前又甚。乱石当道,流水溅溅。十二时过狮子坪,午餐。山中食物,颇不可口。盖所食为燕麦,其性颇寒,三熟而后,人方可食。所谓三熟者,麦成熟后以锅炒之,为一熟;炒后磨成粉蒸之,为二熟;蒸后复置成各种食品,再蒸之,为三熟。山中除此燕麦外,则有马铃薯。余喜食马铃薯,每至一处,必先问有马铃薯否,然间有食麦面之时。午餐北发,即为东山底。远观山中树木,尚未有冬意。杨柳迎风,袅娜多姿,亦若欢迎吾辈在此时间而来游者。觅野店,得之山根间,息焉。

二十六日,天色方晓,山鸟初声,披衣而起,出店间而北。走山涧间，山势奇突，牧者成群，山涯崖角，时有其迹。行十余里，出山涧，为山之尽头矣，路渐平坦。回顾来路，两山合抱，中隔一涧，可称佳景。穿村墟，走田垅而北，路侧皆田，一目十里，尽系平畴，而燕麦已苗，勃勃有生气，青绿可爱。举首四望，八荒皆山，精神为之一快。此处乃山中一大平原也。十里至沙河，由此东北行，土坡起伏，步行稍宜，积雪已溶，六时至大营宿焉。

二十七日，由大营而北，十里登山，曲折而上，山势渐高。来往多山中运货者，尤以黄蓍为多。此处山中，多植黄蓍，高者可五尺，为此地特产，其价颇廉，每斤不过二三角。若以此货携至南方药铺中，则其价当在八倍上也。六时至破碓臼村，居人数十户。位于山腰间。觅店不得，苦之。盖此时适为战争之余，人民受军队之苦，不堪言状，以致旅客，无可投处。当此积雪深夜不能再行，若此去非三十里不克有店，不得已用势力手段矣。询其村长何人，吾乃省城来者，速令其来。答以兵争之后，民不安居故耳，乃请至伊处过宿。夜餐有蒸馒鸡卵之类，款待颇恭。余在途三四日，不料无旅舍处，而有如此之招待也。嘻，手段不可不用，亦可笑矣。

二十八日,晨起,旭日为东山所蔽,村人已早登场工作矣。辞村长,道谢下山而北。走山涧中,流水冰。过采石沟,渐行渐高,远观山头,有城墙,不一时乃至。观之地图,乃旧长城也,城砖已不全,缺口亦多。出城而北,至细泥沟,走山之阴,路如削壁,宽不及尺,偶一不慎,则性命危矣。由此下观,人马如蚁,牧者声震山谷。吾辈下行至山腰,为骡马所阻,休息片刻。待其过尽,乃缓缓而下。十余里至朱家坊,沿滹沱河而行,至五张铺,宿焉。

二十九日,曙色初开,霞光满天,寒山苍苍,野鸟飞鸣。出店门而北,至黑石岭。路中乱石,大者如牛如象,小者如豕如羊,奇行异状,惊心骇目。石多黝黑色,其质颇坚,中含铁质,可以化铁。涧水乱流,淙淙溅溅。忽有一涧,巨不可跨,不得前进。于是沿涧行,得一大冰,下有一洞,流水涓涓,吾辈即由此而渡,长可七八尺,乃名之曰冰桥,亦未为不可。从此而北时由冰上渡过,盖入龙盘峪中矣。再前行,有大市集,人烟稠密,询之士人曰:大瓷窑。此地出煤,有矿数处,其价颇廉,每斤不过两三文耳。山中童子,每以铜元三四枚,货煤四五十斤,至市中可得两三倍价者。由此沿山根折而北，至山之尽处，复折而西，数里则恒山在望矣。不四里，至山麓，有小镇市，人以纸为生，盖利山之泉也。穿镇曲折而登山，入山之门有排楼高耸，上书"神功翊运"。上阶历七十八级，至排楼之门，旁有石碑，上刊"塞北第一山"。由此入大门，上书"北岳恒山"。进门左侧有三元宫、关帝庙，从此东去，五里至停旨岭。昔日君主祭岳，有时至此，即停，故名。上有龙王庙，断碑残碣，瓦砾满地，久经失修。由此折而北，至平旨岭，村户四五家，牧儿七八人，方作游戏，见远客至，则皆回避矣。村北有张王庙，庙前松柏三四株，其色苍苍，挺立于白雪中，枝上积雪成团，尚未落下，颇有可观。再北行，渐行渐高，走山之腰，前有排楼，上书"虎风口"，上有高峰，松风谡谡，门内有碑，上刊"介石"二字，为明弘治年董锡所书。另有施茶碑一，就山石刻之。前行有金龙口，亦于山石刊之。此峰为果老岭，系八仙中之张果老骑骡来此处。石上尚有骡之足印，因足之所到，石为之裂，至今裂纹了了。噫，仙人之骡，其足之利，一至于此耶，吾未之深信也。此处石路颇宽，约一丈余，吾辈乃于此休息，席地而坐。北望高峰突

图 5　恒山正门
（摄于 1927 年）

图6 恒山玉皇阁
（摄于1927年）

起，峰下庙宇罗列，大有仙山楼阁之概。此处乃恒山之本庙，而亦为辈所欲到处，自此则无其他地可以再登矣。休息刻余，起而北行，三里折而东进排楼，上有"永奠冀方"，背为"北岳恒宗"等字，笔法浑厚，惜未署何人所书。在此又席地而坐，回顾来路，曲折如悬布，万山朝拱，大有惟我独尊之势。休息后，复前行，过醴泉亭，洪武碑在焉。其内有泉，分为两井，相距不过三四寸，而有甘苦之分，是亦奇矣。亭之东有崖，上刊"白云灵穴"。由崖下折而北上，步履为难。至南天门下，前有过门，门上有匾，书"崇灵"二字，其右有碑，系乾隆之文。进门而上，历一百零三级，至南天门之贞元之殿。殿廊两侧，有明清各帝之祭岳碑文多方。走殿之西廊，至道士禅室，招待颇殷，于此休息焉。晚八时，向道士借《恒山志》一观。恒山共有十八景，为步云路，望仙亭，虎风口，通玄谷，白云堂，潜龙泉，夕阳岩，果老岭，白虎峰，琴棋台，会仙府，得一庵，翠雪亭，集仙洞，紫芝峪，碧峰嶂，石脂图，白龙洞。另尚有悬空寺，因在山下，不在十八景中。志云，山中出奇草，名护门草，人采归悬之门上，夜有人来，草则叱之，现已不存矣。道士对余言：此次战争，吾山首当其冲,盖山之西即为浑源县,敌军来此,先占吾山,盖以高临下,观浑源甚了了也。庙中用物,为之一空。吾师则云游未归,现只二三人耳。出恒山印,云本山之印,系金铸成,为明时正德所造,现被浑源县知事存之库中。现在所用,系木刻成,其文为北岳恒山天元之篆。道士另以竹布之印见赠,云此竹布之印,系由金印打下,可以镇宅。余收而谢之,乃倚枕而卧。

三十日,晨起,旭日未升,万山尚睡,觉寒气逼人,想地势过高之故也。盥洗毕,早膳,与开成和尚至贞元之殿,行礼。殿中所供,为道家天尊之类。行礼毕,开成和尚即拈签,余亦效之,得一签,其辞句与在五台山龙庙所得相同。噫,亦奇矣。出殿而西,有御亭碑,系乾隆所书。亭之西为会仙府,内塑群仙之像。府在悬崖下,崖上题字颇多,如"天地大观","壁立千仞","绝地通天","云山耸秀","天下名山"等等,字如斗大。府东有洞,名集仙洞,又东有客室,壁上石碑多方。毗陵汤贻汾题恒山诗云:"六月鹔鹴裘,凉风黑帝秋。乱云生马足,独立鼠峰头。西压昆仑塞,南临十二州。得间穷五岳,便欲到浮邱。"其二云:"华表青帝活,经通数举杯。路从村上尽,山到马头开。涧水随人去,钟声带雨来。高吟过恒岳,峰顶落春雷。"四明吴祐嘉题诗云:"恒岳封虞后,高名千古雄。华夷今眼底,天地混虚中。芝谷秋云老,松坛夕照空。欲呼玄鹤驭,万里溯长风。"由此下至玉皇阁,阁中为玉皇大帝像。其左为夕阳岩,上刊"夕阳返照"四字。岩颇高,在山中为最,当夕阳下时,其光返照故名。阁之墙有天中汪裕题恒山诗云:"大茂维尊奠朔方,巡方展祀谒玄皇。行来佳气逢朝霭,扳到绝巅俯夕阳。翠雪亭中木意老,紫芝峪里水情香。胜游至此襟期爽,领略烟霞尽日长。"其二云:"丹崖削出秀芙蓉,岩壁苍苍翠嶽重。礼观观前飞石窟,登亭亭上立天峰。松杉望影疑盘鹤,洞口听泉怕扰龙。灵穴白云贮万斛,一时吞出万山封。"阁东为还元洞,上题"复还天巧"。道士云,前有羽士,入洞修心,多年不出,后即由此仙去,不知所往。洞黑深不见底,余以火柴烛之,只可见丈许,惜未备烛火,不然必一穷其源也。洞旁有天一宝殿,殿北为飞石窟。此处楼阁殿宇,构造极佳,颇能彼此联络。由此以南,通一德峰,峰下有阁,题曰"怀抱纵横"。阁上为悬崖,上刻"耸翠流丹"。其地石刻,不胜枚举,未能悉录也。由阁折回,过接天衢,至琴棋台,系昔日有仙人在此下棋,后人即筑斯台,棋子棋盘,皆以石为之。有粤东冯敏昌《对月》诗云:"中秋云净月华圆,岳顶仙台彻夜看。不是琼楼兼玉宇,世间那有此高寒。"由此而西,登山之西峰,有亭翼然,曰翠云亭。俯视群峰,罗列足下,如被白袍,苍松观之,故名翠雪。浑源县城街道纵横,历历可见。纵览久之,乃折回午餐。恒山之游,可云毕矣。于是开成和尚由原路回五台,在台所雇之人亦随之。余将作雁门关之游,故赴浑源,分道而行。于数千里以外,得一同乡,而能相知,同游数百里,是亦三生石上,各有因缘,一朝分别,能无伤感耶。此次分别,又不知能于何年得相见也。各道珍重,辞道士下山。道士令道童为余负行囊,导余向浑源出发。询其由何路下,云若由前山下,则多走二十里,若由后山下,则近二十里,惟山后积雪颇深,且不易走,听先生择之。余定由山后下,出庙门,走山之腰,绕道西山头,徐步而下,路如削壁,宽不及尺,且积雪深三四尺,偶一不慎,则足已深入,所幸路已有行人,途尚可辨。童身负行囊,其步自如,其行且速,想必老于山途也。路侧皆为壕沟,以石筑者有之,以壕筑成者有之，云皆系冯军所筑。至山麓，绕道悬空寺，在恒山之崖下，以多木支撑而成，如悬空然，故名山寺。折向浑源，回顾恒岳，巍巍独峙，山中松柏，小如手指，白雪一片，雄壮之势，不待言矣。下午四时，至浑源，入城之南门，宿太山娘娘庙。夜中道人对余云，此次战争，城围多日，城中煤炭用尽，人家皆以桌椅为薪，桌椅用完者，则以板壁为薪，若再不解决，则将拆屋为薪矣。余询其何以用薪如此之多，而食从何而来。对曰：天气甚寒，用薪之处颇多。饮食则城中尚有积蓄，不至饿死。计此次冯军用炮向城中射击，每多不中，即中亦多不开花。计前后死者，不过十余人耳，亦天意也。

十一月一日，晨起，至县公署。略谈片刻，参观浑源州中学校，校址在城之东门外，校舍颇大，惜为军队所污，学生百余人，时方上兵式操，尚有精神。由校进城，见城门内，悬有靴笼，内放缎靴，询人何用，云凡来此为官者，清正廉明，则其去时送行者将其所穿之靴脱下，悬之城门内，以为纪念。卸任之官，由何门出，则悬于何门。进城参观女子学校，中尚有缠足者。但此地尚小足，自古已然，其足之小而苗条，走路姿势亦佳，非吾南方之小足可比。女子之头，不油而光泽。其他尚有特别构造，所谓北地胭脂大同女（浑源属大同，距大同只六七十里）。由女校出，至药铺售黄耆十余斤，他日南旋，预作送礼品也。午后至警局，请代雇骡，盖从此西去，进雁门关，皆为平坦大道，骡可骑矣。入警局之招待所，请其雇骡，即令警士去，不一时骡夫已到，约明日八时西去。后即回寓。

二日天阴，彤云片片，颇有雪意。所雇之骡，至时不到，即至警局追问。十时后，骡夫来，云先生何往。余在寓处待之久矣，听其言不觉可笑，所谓两错也。即回寓整装出城，向西而行，约三里许，大雪纷飞，咫尺不可见。余即向骡夫云，何处有村落暂避。对云，前二十里方有村落，不如折回。余然之。寓南外之三义店。

三日晨起，天晴，雪深尺许。早餐时骡夫已到，出店门策骡而西，行四十里，至西坊城。午餐，见儿童手持西瓜而食，余颇怪之。土人有句云："雁门关外野人家，朝穿皮袍午穿纱。更有一桩新奇事，严冬十月吃西瓜。"盖习惯使然。再向西行，地上有穴颇多，忽见三四鼠奔跑。土人曰地鼠。其爪颇利，掘土成洞，洞分多端，人不易捉到也。行二十里，至小幸庄宿焉。

四日晨起，天晴。远观青山一片，积雪皑皑。举首西望，见一塔尖，高耸天末。三十里至应县，塔乃应县城中之大宝塔也。塔高三十六丈，四周有大柱三十根，共分九层。顶为大铁锅，上穿大铁柱。塔之四周，游人之匾联殆满。每至夕阳将下，群雁绕塔飞鸣，夜则栖止其上。土人云：绛州狮子应县塔，定州大菩萨。盖形此塔之大也。过应县而南，行六十里，至山阴县。城之东门外，新冢垒垒。有野哭者，盖妇哭其夫也。此夫妇结发未久，即去戍边。此次战争而死，妇闻之即素衣缟服，至其墓而哀之。其声颇痛，令人不可卒听。然死于此次战争者，岂只此人哉？不知其闺中亦知永定河边人耶？呜呼！天下事，痛莫痛于少妇而为嫠妇。今之战争者，亦可息矣。入城，城中居户不过一二百家，店铺二十余户。公署颇小，城墙已毁，内外可通。此次之炮弹遗迹，城墙皆是，而尤以西门为最。过山阴西行，约十余里，至涧村息焉。

五日，鸡声唱晓，曙色方开，即被衣起，向西而进。远眺雁门关围墙，沿山岭而筑，随山起伏，婉如长蛇。十时至关北之广武镇,居民颇多,约千余家,依山麓而居,店铺亦不少。盖此处为省中南北要道,由此进关,尚有二十余里,尽走山涧山谷间,两山如削壁,中通一路,入口处宽七八十丈,至关口只一二丈矣。所谓一夫当关,万夫莫开也。一时至山顶,上有关帝庙。进关处路如悬布。关为二重,北为首重。上书"雁门关",云系王羲之所书。中尚有神话,云昔日请其书此三字不书,另有一人,乃将此三字杂另一纸中,请其书之。羲之书之半途,始知内有雁门关三字,而关字未书。其人无法,即携归,将门内添一丝字。刻成,但观之则为雁门门,关字内之丝字,则不甚了然,验之果然。是何故欤?不可得知矣。进首重关,上山有宋杨业之庙,内塑杨业之像。进二重关,有镇辽将军庙,内塑李牧之像。庙中匾联颇多,佳者亦不少。庙前有石柱为杆,竖高台上,下临关路。二侧有饭店,乃就此午餐。过此则算进关矣。关之两端,路如削壁,来往车马行人,颇感其苦。车马上时,行十余步即一息,息时非将车轮以石支之不可。下行时,车轮非以巨木夹之轮边,阻其速力不可。吾辈行人到此,莫不气喘汗下也。午餐后,即策骡而南。路过山村,有某君打虎之纪念碑,侯忘其名矣。村旁流水涓涓,野鸟飞翔。二十里至山麓,多土山,代州在望矣。过代州约十余里,至西村宿焉。

六日晨起。昨日夜中,被另一坑之人所扰。其人为店中之仆,夜中吃食鸦片,其味颇难入鼻。吾辈行走多路,正系好睡之时,被其刺激,不复能睡。晋省禁烟之厉,他省莫比,不意乡村中尚有食此者。观其人之状,穷苦可怜,不知于何处有钱,可以食鸦片也。早餐即跨骡而南,过数大镇。下午三时至忻州,进城,至忻州中学姚君处,相见甚欢,问其脚踏车有某军官送来否,对以其人已来一次,云急于往省,已带至省城去矣。无奈,明日惟有坐黄包车回省。宿城外之义盛店。

七日,天未明即起。疏星三五,凉气袭人。余乃以狼皮毯丝棉被满身裹之,恐触寒也。行二十里,天始明。霰光五色,旭日如朱。四围寒山,素色媚人。八时过石岭关。从此以南,路稍平坦。下午三时,过飞行场。四时至省城,入校休息,同事皆以壮游目之,余实不敢当也。泚笔记之,以志不忘。

恒岳游记

关颖人①

恒于五岳最僻远,山少卑,不为人所称道,好事者至议欲夺其位以畀五台,余初亦尝疑之,今乃知其不然也。山之形不一,或峻而削,或宽而广,或攒为一,或歧为二,状各不同,有以见造物融结之妙,而各成其大则一。恒山山脉,出自阴山,由阴山南入朔平、左云、右玉之间,经洪涛山,至管涔山分水岭,折东为盘道梁、句注山、雁门关、马阑口,而突起浑源之南,是为恒山之主峰。一支东行,由广灵入直隶境,飞狐、紫荆皆出其下,其余脉东北

---

① 关赓麟(1880—1962),字颖人,广东南海人。早年就读于京师大学堂。光绪三十年赐进士,任兵部主事。后历任邮传部主事、铁路总局提调、路政司主事等职。民国成立后,历任京汉铁路局局长、交通部路政司司长、北京交通大学校长、平汉铁路局局长等职。1956年被聘任为中央文史馆馆员。著有《京汉铁路之现在及将来》、《瀛谈》、《稊园诗集》等。本文原载《旅行杂志》1936年第10卷第1号。

尽于海。一支南行，由灵邱繁峙入直隶，为太行、王屋，经阜平、曲阳之间，起为大茂山，是为恒山之脊，其余脉西南尽于河。是其分布虽有三支，而其实则一山也。自明以来，聚讼纷如，主浑源者马文升、胡来贡、粘本、盛尹耕、徐化溥，主曲阳者倪岳、沈鲤、吴宽，各持一说。按《汉书·地理志》："恒山在上曲阳。"历代诸志皆因之。《尚书》、《周礼注疏》亦云："自汉宣帝神爵元年，祀北岳常山于曲阳。"唐宋祀典，皆在定州，此后说之所本也。主前说者，以为至宋始有"恒山没于辽，从曲阳望祀"之说，傅会事实，考据殊疏。缘是终明一代，虽定浑源之玄岳为恒山，而秩祀作在曲阳，经诸臣厘正祀典之争，仅修治浑源州旧庙而已。清顺治十七年，始改岳祭于浑源，然所争者祭岳之地，未尝疑议及山，其为岳自若也。其后挟私以争胜者，至并山而疑之，如沈鲤所言："浑源之称北岳，止见于州志碑文，稽之注传，茫无可考。"吴宽所言："浑源州之南，有山特高大，世以为恒山。"徐化溥又言："曲阳恒山，以地名，非以山言，天下事偶相值者甚多，两恒之相冒，犹之二霍之偶合。"无乃过欤？

余以为恒山之为岳,与二山之为一,无可疑者。考之群籍,《管子》谓:"恒山北临代,南俯赵,东接河汉之间。"固非一山所能尽,一证也。北魏道武帝天兴元年,凿恒岭通直道,时魏主将自中山北归平城,发卒万人治直道,自望都铁门关凿通于代五百余里。中山为今河北定县,去浑源东南将五百里,如以今磁窑口为北端,与之适合,则两恒山为一而北山为主可知,二证也。曲阳县,隋开皇七年,尝改名恒阳,唐元和十五年复改今名;浑源县,元初名恒阴,山阴山阳,皆指恒而言,三证也。沈括《笔谈》云:"浑源州恒山距阜平县大茂山三百余里,峰峦相接,盖恒山周三千里,浑源南二十里,与在曲阳西北百四十里,实一山也。"又云:"今半隶契丹,以大茂分脊为界。"四证也。顾亭林作北岳诗,指曲阳而言,然其所著《北岳辨》云:"恒山亘三百里。""予故先至曲阳,后登浑源。"至者山之趾,登者山之峰,五证也。故魏裔介《曲阳志序》:"浑源为恒山巅顶,大茂为正支,自浑源发脉由飞狐达曲阳。"又《浑源志》云:"恒山在州治南二十里,南与阜平之大茂山,三百余里势本联属,东南腾跃,达于曲阳。"皆未尝歧而二之。吴宽《重修北岳庙碑铭》

曰："神灵所之，倏来倏往，来则曲阳，去则浑源。"亦此意也。

夫南北既为一山，则祭所之在山巅与山阳，不足为异。汉神爵、元和、泰常，唐贞观祠于上曲阳，唐元和时定祀于曲阳，唐贞观宋乾德、政和又祭于定州，皆偶然之事。王锡祺以为："宋失云中，辂轩不能至，假飞石以文其陋。"尹耕以为："唐人失河北，石晋割燕云，宋人守正定，咸不能至岳下奉玉帛，且便其在曲阳，无更正之者。"其语良信。顾游览之事，与祀典正殊，祀岳宜乎在山之阳，而游岳必当陟山之巅，仅至曲阳而未尝登浑源，虽谓之未尝游北岳可也。

余于五岳，历泰、衡、华，初无意于恒也。岁乙亥九月，将为五台之游，质之尝游者，谓需时旬日以外，不果行，因改赴恒山。中秋后二日之暮，发自北平，同行者南海张昶云，铜山张适时，南海郭流尧也。

翌晨，抵大同。站长高生文藻导游云冈、上下华严寺诸胜，郭生先归。十九日早，分乘骡车二启行。自大同至浑源，为程一百二十里，健足一日可达，以束装稍稽，遂不及，车价仅银元四饼而已。八时出城，至南关，有极乐寺甚壮伟，折而东，辰初三刻，渡十里河，亦曰武州河，近河皆细沙，风起眯人。巳正二刻，南行至庙儿村，近人张肇崧游记曰寺儿村，或讹其音曰十二村，谓距城十二里，疑非是。沿途瓜田繁实，居人男妇幼稚，皆捧啖西瓜，即骡马亦甘之。其地夙有九十月间吃西瓜之谚，自中秋藏瓜供食，至十月围炉未已云。吾人立秋后不敢食瓜，食辄腹痛，在此数随俗尝之，无恙也。巳正二刻，至内庄，去大同二十里，下车步行者数里。午正，行三十里至上泉，入东盛店打尖，店中所有，但馒首油面卷鸡子，他无可食者。未初一刻行，申正至李老庄，五十里矣。又三刻渡桑干河，河甚宽，水在南岸，土人裸下体以引涉，恶俗也，宜禁。渡河东而南，至吉家庄，渐近崞山，望山坳而趋。崞山一名横山，自云中北来，列嶂如屏。酉正复渡河，入崞山峡，地名瓮城口。瓮城，峪之口也，民居甚多，车夫即欲止息，余等坚不许，令趋泥沟，乃复行。峡风怒吼，晚寒弥厉，悬崖夹峙，时有流瀑。峡道长可二十里，无休憩所，时天已昏黑，而月色为高岭所蔽，暗中闻呼叱声，则兵役讥察道左，心以稍宁。出峡得平原，即松树湾，去泥沟尚七里，月始出岩际，清澈眉宇，戌初二刻,乃抵泥沟,入宿李家老居。

十七日晴,早卯初起,登邱观日初出。此院正对恒山,浓黛深黝,隐云雾中。卯正二刻启行,山皆土,遇水冲刷,辄裂为壑,所谓泥沟也。颇视数十丈,其下复有种树蓺黍及行人道者。巳初道上,遇吴君稚晖乘架窝(骡轿之名)方自浑源归。闻人言吴氏游恒山一日,未留宿云。渡河者再,巳正至浑源县西关,入西门,憩县署前会宾园。午初,主人张姓导往游城中,经圆觉寺,寺为金正隆三年建,明成化初重修,有塔十三层在院内。游永安寺,寺为元延祐三年建,乾隆间重修。寺前进驻兵,其中大殿綦伟壮,前有"庄严"二字,段士远书,后"虎啸龙吟"字,张熖书,皆高二丈许。近年战事,弹痕累累犹在。壁阶下有康熙四年、乾隆三十四、五十二等年重修碑记。阶下左右为伽蓝、白衣、地藏、霜神四殿,殿额曰传法正宗之殿,佛三尊,塑工细。次至栗家巷栗氏祠,前河督栗毓美家祠也,额曰宫太保河帅祠。未初午饭,二时索骡轿不得,乘轿子行。城中无山轿,仅红围蓝呢大轿,须八人轮昇之,议定后日往接,每乘共价五元。入山,水声甚厉,田畦皆石堤以御水。申正至山口,即磁窑口,官厅告示,指此为金龙口(近人于去疾①游记谓之金龙峪口),左有石磴数千级,已毁,不可登。

申正二刻,至磁窑峪,登悬空寺。寺在翠屏山,山去州城七里,高二里,一名高氏山,一名石铭陉,滱水所从出,为北岳门户。悬崖三百余丈,峭立如削成,凿壁支杙,倚空飞阁,层楹危梯,凌虚相遇,精构入画,如仙人所居。其下恒滱两水奔汇处,水声喧豗,终日不息。壁刻有刘遵宪、郑洛诗(志云李采、樊师诗未见)。有纯阳殿,上祀三茅真君,额曰"法云鹫岭",张崇德书。再上供佛,壁有大定十六年、天启二年李皋诸刻。更前为瞻溪云阁,万历己亥御马监太监白忠书,祀观音,仙佛杂供,此间皆然。仓卒间未及询李太白祠及题字所在。由磁窑峡西南行三十里为天赐禅林,亦不知尚存否?

酉初行,过云阁虹桥,石穴方广二尺许者,凡数十,两壁皆有,是其遗迹。州志谓:"两峡凿孔,驾巨梁,构楼于上,据以守口,可称天险。"杨述程《登恒山记》,以为宋初把守三关处,或径傅会为杨业,不足信。更前,山际有

---

① 于去疾(1888—1953),江苏扬州人。著有《乙未庵词草》、《乙未庵笔记》。文中所称"游记",即其《恒山游记》。

老爷庙，祀关侯，上有罗汉洞、达摩洞，未及下。

酉初二刻，至山门口，为入山初径，于游记谓之下坡，坡上有龙王庙，方庀工修筑。拾级而上，有碑坊，曰"神功翊运"，曰"屏藩燕晋"，为光绪间及民国初年所修。门额曰"北岳恒山"，弘治十六年刘孚书。下有直碑曰"塞北第一山"。门内有三元宫，自此入步云路，沿山岭行，山多煤灰质，俯拾即是。时天已垂暮，落日回暄，好风送凉，秋草凄绿，群山合沓，碎砾弥冈。酉正一刻，至龙王庙，地名停旨岭，遥望北山，观宇林立，皆朱其垣，隐蔽林间，有如燕京西山、匡庐牯岭避暑之所。中间一岬突出，是为张果岭与夕阳岭。缘山腰修道，有牌坊可见，即虎风口，过时已晚，不及下视。戌初至接官亭，下憩，以室少狭，复移至纯阳宫宿，住持道士魏圆善（上登蔚县人）。旧传宫有吕祖降乩诗碑，已废为岳庙阶版，宫中无可观者。

十八日晴，卯初二刻起，至山上各祠观散步，纯阳宫右下坡为疮神殿，塑神及夫人，为山神庙。上坡为碧霞宫，即娘娘庙，志谓九天宫，额民国九年方克猷书。所祀曰金灵圣母，曰圣母女娲，曰九天玄女。其左有大悲阁，祀各神，额为辛酉张宗儒书。旁凌云阁，精构也，宜眺远，有《重修恒山娘娘庙碑》，赵国良撰，李玉田书，阁及两厢皆可宿客。前钟楼，后有玉皇洞，在殿之右。由纯阳宫左上陟，为太乙天尊庙。庙据纯阳宫之上，更东上为文昌庙，左为关圣庙，四壁皆画关侯故事，配祀者为关平，周仓，马良，马岱，王甫，廖化，糜竺，赵云，伊籍，向朗。有《重修恒山庙碑记》，咸丰十年知州李镇蔚书。其东为灵宫寺，更上即岳庙。门外有金鸡石，以石凿之，前山应响，作鸡鸣声，额曰崇灵，旧称玄灵宫，意以避讳而改。中间御赐额曰"人天北柱"，列巨碑四：一顺治十八年知州张崇德《北岳恒山庙碑》，碑骈俪，长三千七百有八言，多用古僻字，旁刻乾隆丁未冯敏昌诗。民国八年有合浦张肇崧者，又劖刻题名于下，石作朱砂色，不坚，故可攻琢。一嘉庆二十四年知州孙大山《重修北岳恒山庙记》。一道光七年知州王志等具名《重修北宗恒岳庙记》。一民国二十二年赵国良《重修岳庙碑》，李英姿书。入门，石磴九十三级（志称九十八级，于记云一百有八级，皆非是），为南天门。左曰青龙殿，右曰白虎殿。旁列杆桧，正殿直额曰"真元之殿"，祀北岳郁微洞渊元无

图 7 恒山关帝庙
(摄于 1927 年)

图8 恒山玄灵宫
（摄于1937年）

极真君，上悬清圣祖御制"化垂悠久"额；光绪朝额二：曰"朔野标奇"，曰"三农有庆"。殿柱龙蟠，绝壮丽。塑侍臣像，前四文，后四武。殿前宝鼎，甫成于前四年，曰"龙泉观"，其本名也。左右石碑林立，凡二十九，皆清代御祭文，康熙五（二十四年、三十六年、四十二年、五十二年、五十八年），雍正一（元年），乾隆六（十三年、十四年、二十年、二十四年、二十七年、五十三年），嘉庆四（元年、五年、十四年、二十四年），道光四（元年、九年、十六年、二十六年），咸丰二（二年、十年），同治二（元年、四年），光绪五（元年、十六年、二十一年、二十九年、三十一年）。碑尚一二不可见（庙无明代御祭文碑，张肇崧游记谓列明清诸帝碑，误也）。又一碣，康熙戊戌王勋草书，述其父王先声"泰衡华恒"四俪语。楹有光绪壬辰阮志谦两联，尚可诵，其一云："恒山万古镇中原，惟我圣朝，归马放牛，教化巳隆三千载；文昌六星联北斗，是真才人，雕龙绣虎，光芒应射九重天。"其二云："天际月轮高，访古人胜事遗踪，最难忘果老通玄，谪仙载酒；眼前云路近，愿多士舒文广国，莫孤负杏花春雨，桂子秋风。"东下至太王庙，蓝而獠牙，不知何神。崖上壁窠字甚多，有"云中胜览"，"瞻天仰圣"，"壁立万仞"，"天地大观"，及"毓秀"，并不知何人书。题泐极多，记其目睹者。又有枯松，弯环拳曲，著崖欲活，道士谓之四爪龙。

由此左陟百余步，即振衣台故址，其上为紫芝峪。更东越石梁（志称，横柴木为飞桥，亘二十武，今已易为石径，亦非仄），登石磴，数十步至旧庙。旧庙者，建自北魏太武帝太延元年，经唐及金、元、明四次重修，弘治十四年始改建岳庙于中峰之阳，谓之朝殿，而以此为寝宫。庙三楹，在峰下，不甚广，有卧碑，为乾隆代张树玉书，别二碑皆刻诗，有序。此径即故浮桥，志谓其上为浮桥岩，岩有万历丁巳崔一元书"路接天衢"，宋王献臣书"千岩竞秀　万壑争流"字。崖刻有麓泉题《观北岳恒山有感》，又万历四十五年府同知王希尧记，上有同治辛未南海孔广陶题名，嘉靖九年李宗枢八分书诗，又"拱宸"字。正殿额曰"天一宝殿"，祀神及夫人，有雍正十三年"地极天枢"额。木橱四，旧藏经典，为游人取去以尽。嘉庆间，道流所书纸犹存。左为还元洞，镌万历六年巡按御史郑洛记①,及万历戊寅巡按御史黄应坤《恒山复还天巧洞记》,树其侧(此二碑郑、黄二人名,志目互易,误也)。又万历三十五年北岳庙昭感并记。洞口额曰"复还天巧",黄应坤题,志称深浅莫计,寒侵肌骨,今内已复塞,仅容二三人。其外二碣,亦康熙物(六年,《永革陋规碑记》;二十一年,《进腊会引》②)。崖上刻字甚繁,剥落多不可见,有万历丙辰知州张述龄祀岳诗。循右更上,有石穴洼然而深,即土人所谓飞石窟也(张记谓窟在通元谷,实小舛)。壁上有天启丁卯汪裕恒山两诗,及康熙三十年舍房碣,胡汝楫题字,窟与洞志皆言在殿内,今则在殿外,不可晓。上一小庙,就崖成之,殆所谓后土夫人庙。旁有弘治七年间钲《浑源古北岳飞石窟记》,董锡书(此碑志称在殿内,今亦不符)。旧庙之左,悬崖壁立,有"一德峰"三擘窠字,峰字不明,远视如降矣。前一楼,楼下勒草书玄阙诗草,不甚可辨,稽之志,疑为刘钦顺之作。其外悬额曰"怀抱纵横"(于记作"纵我怀抱",大误),楼上无梯,循崖后可登。楼悬康熙五十年苏克济"层峦

---

① 编者按,郑洛记名为《还元洞记》。
② 编者按,《进腊会引》即《进腊会引碑》。

叠翠"额,土人呼"梳妆楼",不可解。墙外嘉靖庚戌胡宗宪《孟秋登恒岳诗》,谢淮《谒北岳次韵四首》,志云在浮桥亭,殆即指此。崖上复有嘉靖廿年吴新庵题名,正德己卯鲍继文诗。旧殿之西,上望崖际大字,曰"白云灵穴",即白云穴也,不可登。

归小息。已正,越九天宫、玉皇洞而西,问所谓翠雪亭、望仙亭,已无可考。至魁星楼,楼占峰巅,下视县城,依山足作八角形,民居稀少,池明如鉴。东望应州浮图,若在咫尺。此间有小路趋城,可捷行十里云。循原道,由娘娘庙之左陟高,复至岳庙,与道士张圆清略作周旋,购其岳图以行。由庙后登山,可至振衣台、紫芝峪,未及上。十一时,令人导而西,登琴棋台,台在山巅,下大石竦,为身裂缝中,撑拒突险,乃可登。其上有平石,好事画为棋枰,象戏也,乃非围棋。下窥通元谷,传为张果烧丹处。岩下有民国二十四年莫德惠等题名,及陈兴亚"圆浑雄厚",莫松森"大恒以宁"等字。

少顷,转而东,至会仙府,名刻崖上。殿中祀群仙,塑像凡二十有四,导者谓上中下八洞仙人也。门外"南眺四岳"额,为乾隆庚戌黄照书。北岩壁碣,有万历丁巳方大奇诗,乾隆庚戌朱休庭登岳诗,乾隆上章阉茂知广灵县朱休度,嘉庆己卯汤贻汾恒岳诗。左为魁星阁,上祀玉皇,更左御碑亭(志谓万寿亭),立"化垂悠久"之碑。集仙洞在其北。岩为府旧基。北岩崖上巨字,曰"昆仑首派",为辽代邬定言书,壁刻此为较古矣。

午初二刻下,绕岳庙行,少停,至二郎庙,于诸庙中为最高。昶云适时由此陟山顶,余不往,重至会仙府龙泉观。午正二刻,独至寝宫,坐卧眺览,剔藓以读。折往接官亭,亭外有洪武十三年郑允老撰书《重修南北岳庙碑》,书作北魏体,绝佳,惟疑其不綦古(其前又一《永革陋规碑》)。右为履一泉,志称玄武井,又曰太玄泉,凡双穴,甘苦殊味,今举山取汲于此(旧《恒山记》所谓"潜龙之泉,相距尺许,一甘一苦"。云在通元谷旁,与此似不合)。额乾隆庚戌黄照所书,有光绪十年北顺城街所上"醴泉亭"额。亭庑多诗碑,有刘士伟、吴兖、郑洛、熊明诚、桂敬顺(乾隆乙酉)、李淑春、李涛诸人。正殿为白虚观,祀地藏十王及二判官,俗所谓十王殿也。其前马神祠,左右塑牵马状。祠前牌坊,曰"北岳恒宗",曰"永奠冀方"。未正一刻,昶云等乃下,谓岳顶无树木镌碣,志所云离地千尺，南面拱立，多矮松乱藤，黄石错落，庶几近之。披襟当风，携瓜大嚼，则一乐也。诘以石脂图、栈云冈之胜，则未之见。翠雪亭址亦不可踪迹。阅近人蒋维乔游记云："山麓至顶，高于平地一千七百二十籾，合华度五千一百六十尺。"申初饭，酉初努力复为琴棋台之游，昶云登焉。复至龙泉观，循崖而东，询紫霞洞，乃在东崖上，非途所经，不及上。顷之，至阎道洞，功未竟。复前至卫洞，塑卫道士像，有碑。康熙十六年宣成义等立，阎佳凤撰书，碑言创建羽化堂卫道士，名清泉，号得一，所谓得一庵也。《恒山志》乃谓卫为魏，碑成于康熙，志成于乾隆，不知孰误？（山中更书作微道寺，益可哂）左有小龛曰庚姑，不识何人？路凿山腰而成，至此而绝。酉正二刻返，至夕阳岭下，观落日，岭西向，适当山缺，故眺夕照最宜。戌正饭，亥初二刻睡。

十九日晴，早卯正起，与圆善作别。巳初一刻，曳杖先肩舆行。路旁崖上立一石，作缪篆印文，不能识，惟旁有□化癸卯敬中字可辨。道左右坎，多类手印及驴迹，土人所傅会为张果老堕驴所留也。又崖上二篆字，其上"大明"二字可辨。巳至虎风口，倚山立碑二：一万历十七年《浑源州会众施茶清泉铭记》，一弘治乙卯董锡所书"介石"字。崖际又有金龙口，与虎风口相对，其地疑非是，然久已有之。巳初至大字岭（亦名大字弯），岭刻大小"恒宗"二字各一，大者双钩直行，小者则横列。前至真武庙，庙占别峰之巅，下对龙王庙。庭前碑尚完好，一成化七年知州关宗立北岳神□昭感碑，鲍克宽书，撰名缺；一成化五年刘玥《浑源州重修北岳庙记》；一成化十五年乙亥知州冯珪《祈雨有感碑记》，怡庵道人撰。此地元明间碑，多以道号署名，他所罕见也（志云三碑皆武宗时，与今不符，又撰人杨信、刘宇、李敏，亦不合）。一雍正六年茶山引高尔行撰。各碑无能证何时易祀真武者，惟殿中神像披发跣足，神将十而已。巳初一刻，登肩舆行。自此岭下趋，土石错杂，时见煤质。山少树木，自所谓万松深处，仅余百数十章以外，殆不可见。惟田特多，岩峦远近上下，至深谷弥望，无非田者。巳正见山门，更一刻到，山门外村居百余家，山中日用，咸取给于此。

巳正二刻，下舆登山，至达摩洞，洞仅一像，洞宽可周十余丈，有门窗炕。更上为罗汉洞，洞控达摩洞之背，更大,供罗汉十八,有房二间,前韦驮殿,去年重修竣工。午初行,经老爷庙,至云阁、虹桥、悬空寺。复望寺北道左,索李太白书"壮观"字不得。午初二刻,至金龙口。午正至南宫门恒岳行宫,殿曰大贞殿,建筑亦宏壮。午正一刻,至会宾园饭,购《浑源州志》与《恒山志》参证之。浑源号称八景:一磁峡烟雨,二岳顶松风,三夕阳返照,四龙山霁雪,五玉泉寒溜,六柏岩秋色,七神溪夜月,八远峪晴云,以行急不克留,所历未半也。未正一刻行,车价昂,每车须银币五元。申正一刻,再渡河,途中就田家购西瓜食之,每银币一角,可得六枚,何其贱也!酉初一刻,取道萧家沟,酉正至二岭,小雨,黑云蔽天,闻前日此间大雨雹。又三刻到泥沟宿。

二十日黎明起,蓐食治装。卯初二刻行,戴月宵征。卯正三刻,至松树湾。自此直下坡,循泥沟步行,俯视谷底,为来时路。峡间山水甚清,土岸时有崩塌,石亦摧徙,前日雨量之大可想。辰初至山边,未敢仍沿峡行,车夫处处探视乃前进,时而就上坡,则倾斜可虑。路上有一二小屋,亦留人宿,是时并出售馍馍。此山北多土而无石,石狭处束水如门,可喜。巳初至瓮城口。巳正一刻过桑干河。午初至李家沟，尚五十里，将入店打尖，店皆虚无人。复行二十里，未初至上桥，在东盛店饭。未正三刻行，申初渡十里河，轮碾细砂，风飑涨空，眯目扑鼻，衣袂皆满。未及酉，入大同东门，径赴车站。戌初三刻，乘平绥铁路快车归，段长宁树藩、站长高文藻来送别，二十一日晨辰初抵北平。

恒山虽古为并州之镇，然自昔为瓯脱，不甚爱惜。自赵襄子灭代，赵孝成王以汾门易平舒，平舒今浑源也。汉光武一废崞县，徙吏民于内地，晋刘琨尝弃以与代王拓跋猗庐，石晋又割应州以赂契丹。宋雍熙三年，取而复失。熙宁八年，割恒山脊以北地界辽，迄南宋约金灭辽，始获归中国版图，旋复为金所取，以至元亡，盖割据于异族之下者，亘数百年，文化之僿陋，有由然矣！人物既寥寥，复无古今文人好事，为之藻饰，故山水虽胜，而名迹甚鲜，游屐可一日而尽。诗人吟咏，自唐郑放、贾岛而后，金有元好问，元有赵秉文、刘因，明有乔宇，杨巍，董锡，杨述程，胡宗宪，王家屏，李梦阳，王世贞，清有魏象枢，屈大均，曹溶，徐继畬，朱休度，李予望等，几可屈指。游记则徐宏祖、杨述程、王锡祺，下至近人于、蒋、张诸氏，亦复无多。因为记详悉言之，以饷夫未始来者。恒山物产，称多神怪，然无所见。山既犁为梯田，林木稀少，遍山多生药草，作红白小花，自鸟兽以至卉木，所见咸纤细，不称其伟大云。

第二辑 五台佛光

五台山游纪

蒋维乔①

纪元七年九月,奉教育部命,视察山西学务。余拟乘便礼五台,谒恒岳,京中寺僧,有曾至五台者,问其途径,或曰:五台气候寒冷,惟宜夏日,秋后不宜往。或曰:秋日则天气晴朗,山中少雨,无大水阻途,可以往。余以凡事决于一心,全凭实践,人言不足尽信,且机缘不易遇,乃立意往游。以九月二十一日首途,十月十三日返京。按日记之,以志鸿爪。

九月二十一日,晴。晨八时半,乘京汉车赴石家庄。午后四时十七分到,下车,寓祥隆旅馆。稍憩,为时尚早,乃出外散步。石家庄当燕晋之冲,市街繁盛,百货咸

---

① 蒋维乔(1873—1958),字竹庄,号因是子,江苏武进人。近代教育家。曾任民国政府教育部秘书长等职。著有《因是子游记》、《中国近三百年哲学史》等。本文原载《地学杂志》1919年第190号。

集。市旁有吴禄贞墓，文石为塔，围以铁栏。左为张烈士墓，右为周烈士墓，鼎峙而立。盖即与吴同遇害者。墓后建八角亭，阎百川督军所撰碑文在焉。傍晚，回旅馆。

二十二日，晴。晨七时，登正太车。凡由京至太原者，可购联票，价较廉。七时五十分开行，遥望太行山脉，蜿蜒不断。八时二十分，过获鹿县，地势渐高，轨道皆凿山石通过，左右盘旋，绕山而转。盖因车仰上行，不能取直线也。山谷居民，悉系土屋，屋顶低平，可以游息，并可晒杂粮，累累者皆玉蜀黍也。山中产煤甚富，多设运煤轻便铁道。一机关车，拖煤车十余辆，自山运出。此处人民，则多依山穴居，层叠而上，望之如蜂窝，不似谷中居民，犹筑土室也。十时，至井陉县，地势愈高，轨道盘折愈甚，故车行忽向南，忽向西，忽向北，有时且向东。险仄处，左凿峭壁，右临滹沱河，恍如栈道。车中有警察，来讯问姓名，及来自何处，向何处去。余与以名刺，一一答之。既而复有宪兵来问，亦索名刺。忆离京时，有友人为余言，阎督之便服侦探及宪兵，密布于正太铁道，盖不虚也。十时四十分，至娘子关，过此即山西境矣。正太无饭车,乃购鸡卵二枚食之,以当午餐。十二时三十六分,至阳泉。二时十分,至寿阳县,此处有保晋矿务公司。自石家庄至寿阳,车皆向上行,以升高气压器测之,地势已高至八百三十粎,合华度二千四百九十尺。自寿阳以下,地势渐低。四时,至榆次县。太行山岭,重叠险峻,多凿隧道,以通铁轨,故路虽短,隧道则多,自获鹿县起至榆次县止,共过隧道十有九,其工程艰巨,殆不逊于京绥也。四十二分,到太原,进城,借宿于教育厅。厅长虞君和钦,旧友也,与之略谈晋省教育情形。虞君公事忙,虽本日为星期,仍赴督署会议,匆匆数语即出,余遂休息。自二十三日起,在太原视察教育,应洗心社讲演,淹留三天。二十六日,晴。上午,料理行装,拟赴忻县,雇定架窝两乘,其一仆人乘之,另雇县骡一匹,负行李。架窝者,用芦席作蓬,为圆筒形,旁用二木,前后驾于两骡而行。行于山中,可免颠越之苦,故价较昂。可坐可卧,甚为安适。十一时,与虞厅长及厅中职员把别出城,省视学杨君秀轩(培翘)随同视察晋北各县学务。一路皆见黄土高如壁垒,人民多穴居者。午后六时,至黄土砦。自太原至黄土砦,计程六十里。宿于段永盛客店，店系新开，土墙茅屋，尚称清洁。一主一仆，占三间大屋，房钱不过百文。晚餐一白菜，一蛋，一盘捞饼，不过三百八十文，可谓廉矣。晋北民俗俭啬，皆食燕麦，无处得米，余自带大米一袋，令店中煮粥食之，亦觉别有风味。

二十七日，晴。晨七时三刻，乘架窝起行。十二时半，过石岭关，入忻县境。关之右皆山，左为黄土壁，凿石通径，崎岖曲折难行。在关城颠天义店小憩，煮粥为午膳。自黄土砦至此，已行五十里。六时到忻县，晤县知事彭君子猷（赞璜），随即进城，舍于劝学所。

二十八日，晴。是日在忻县视察各学校，并在洗心社，为各校职教员演讲教育之新趋势及教授训练管理方法。

二十九日，晴。晨八时，坐肩舆出城，与彭知事把别，乘架窝赴定襄。九时过傅家庄，此时农人正值秋收，男妇均忙甚，所收者多属稷（高粱）、粟（俗名谷子）、玉蜀黍、燕麦（俗名油麦）。乡间国民学校皆放秋假。午后二时半，至定襄县，晤知事钟君琼伯（英），遂进城，借居文庙之农桑分局。自忻县至定襄，计程四十里。三十日，晴。晨六时，别钟知事出城，拟赴五台县。九时半，至神山村。山在县东北十五里，孤峰特起，为群山所遗，故又名遗山。金元好问读书于此，因号遗山。上有神山寺，寺即元遗山读书处也，其旁有遗山祠。十一时半，过大关。十二时，至陈家堰，定襄境至此止。再前为河边村，入五台县境，涉滹沱河。午后一时，至东冶镇，自定襄至此五十里。有沱阳高等小学校，即往稍休，以携来之米煮饭，佐以鸡蛋，为午餐。三时启行，自此以往，皆为山路。两山之间，凿石通道而过。道阔约丈余，或高或下，尚不甚崎岖。山顶多戴土，可以耕种。石为赭色或黝色。六时半，至五台县，进城，寓于劝学所。五台县地势，比石家庄平地高出九百米，合华度二千七百尺。晚间寒冷如初冬，闻五台山中已降雪矣。

十月一日，晴。是日在五台县视察各学校，并往川至中学校演讲。在省城所雇架窝，至此为止，另托劝学所代雇架窝二乘，驴一匹，准备赴台山。

十月二日，晴。晨八时，乘架窝出城，劝学员陈君智昂同往。出城渡护城河。十时，过阁道岭，已入台山之界。岭有寨，寨门旁一石碑，写"五台奇胜"四字。岭去县城十里。五台所雇架窝，比阳曲所雇者小，而行较速，价亦较廉。五台以北，地势高寒，仅能于阴历二月种稷、黍、粟、燕麦、玉蜀黍、马铃薯等。仲秋收获后，即不能再种他物。十时半，至南大仙。十一时，过收获岭，距城二十里。十二时，过龙王堂，再北为狮牙岭。午后二时，过五台寺。在途中阅《山西通志》及《清凉山志辑略》。三时，至柳院村（俗名留云村），寓于同心店，简陋之极。自五台县至此六十里。村中居民，只十余家。命仆煮稀饭煎鸡卵食之，以作晚餐。忻县、定襄一带，食物以高粱为主，兼食燕麦。五台以北，则专食燕麦，佐以马铃薯。其纯朴无欲，犹上古之风也。

十月三日，晨一时，大风雨。四时雨止，五时起身。六时三刻，乘架窝起行。遥望山顶皆积雪。七时放晴，以后时晴时雨，大山中类如此。山路崎岖，悉为乱石，行走之难，较昨为甚。九时，过清凉石，山路陡绝。行于雪中，树木青绿，上缀白雪，殊为奇观。涧水激流，声若奔雷。至清凉寺稍憩。自柳院村至此三十五里。寺在清凉谷中，魏孝文时所建。中有文殊像，傍有清凉石。石周遭四丈，相传文殊菩萨手托来此。又有千佛塔，明万历三十四年八月十七日铸造。塔以铜为之，有九级，颇精工。寺僧出示文殊金印，印文为"清凉擢授"四字。又一铜印，为"清凉之印"四字。出清凉寺，山益陡，四望皆雪，日光耀之如银海。山中之田层，叠若鱼鳞。大率喇嘛所有，佃户为之耕种。牧畜之牛羊，到处成群。自金阁寺至镇海寺道中，有一山，山顶石纹奇秀，嵌空玲珑。询土人不知其名，或云西峰山。一时五十分，至镇海寺。寺在台山交口西南岭下，树木郁森，深红浓绿，殿宇金碧，辉耀生色。寺有章嘉活佛塔，清乾隆时所建。出寺后，望显通寺而行。日薄无光，空濛微雨，大风震撼，冷如仲冬。三时至台怀镇，有市廛民居，警察分所设于此。过杨林街，与台怀镇相仿，曲折以达显通寺。寺东汉时建，在灵鹫峰下，台山最大丛林也。巡官张君友松（树梅）在此招呼。住持寂承和尚，亦出接见。显通寺高于平地一千五百籾，气压低至六十二粉，气温只华氏表五十度。是时复下大雪，不能出门。晋北各县，自仲秋以后，正干燥无雨之时，而山中气候不同乃如此。寺中以面供晚餐，素菜亦甚可口。晚九时，明星复满天矣。

十月四日晨，天气畅晴，甚觉爽快。七时起身，佛教会长怡谆老和尚来谈，显通寺退院僧也。略谈毕，预备出游，先观本寺铜殿。殿高二丈余，纯以铜铸成，中供文殊菩萨铜像。五台山为文殊道场，故各寺皆供文殊。四壁亦皆铜佛像。殿内大小四铜塔，大者十三级，小者七级。殿外有五大铜塔，分东西南北中，按合五台。因山中早寒，朝山者不能上台，即礼此五塔，以伸朝台之意。铜殿左右，有藏经殿，内藏明朝藏经。后尚有殿，藏蒙文藏经。铜殿前为无量殿，圆顶无梁，故亦名无梁殿，系汉代旧址，明朝所建，颇似洋式建筑。前有七圆门，额曰"法菩提场"。殿凡三楹，中供无量寿佛丈六金身，右为文殊菩萨，左为药师佛，皆铜铸。四周有铜制转轮，上镌梵字，礼佛者以手转之，称转法轮。无量殿前为大殿，又前为文殊殿。出显通，至塔院寺，以寺有大宝塔，故名。塔高二十七丈，周二十五丈，其下二层，上层紫铜转轮三百八十一个，下层黄铜转轮六十一个。蒙古人朝山者，在此绕塔礼佛，又有望塔礼拜者。地上置长方木板，长四五尺。拜者以布袋套手，耸身下投，复前两手，俯伏于板，如是起伏，终日不息。此所谓五体投地也。塔后有藏经阁，塔前为大慈延寿宝殿，中供释迦像。十二时，

图 9　五台山显通寺之铜殿与铜塔
　　　（摄于 1931 年）

图 10 五台山塔院寺大宝塔
　　（摄于 1927 年）

回显通寺午餐。午后一时三刻,至圆照寺,从寺后上菩萨顶。顶在中台东南,即灵鹫峰之别名,为黄教喇嘛所居。台山僧人,分为青衣僧、黄衣僧,青衣即寻常之僧人,黄衣则喇嘛也。大喇嘛札萨克,即居于此。顶上牌坊书"云峰胜境"四字,自下而上,共百零八级。庙门有"敕建真容院"五字。相传唐僧法云,拟塑文殊真容,恳求菩萨现身,忽于云际睹神像,图摹塑成,因名真容院。进为文殊殿,再进为正殿,殿内藏藏文大藏经二百十六卷。菩萨顶高于平地一千五百粎,合华度四千五百尺。护理札萨克大喇嘛香楮诺架出见,予问青衣僧念佛,喇嘛亦念佛否?答否,念唵嘛呢叭咪吽。与谈片刻,即由庙后出。斋房甚多,皆喇嘛所住,共有三百余人。院后山畔,为喇嘛丛葬之地。用火葬法,占地不过数尺耳。再上为慈福寺,亦喇嘛所居。从菩萨顶下,至罗睺寺,寺宋元祐中所建,亦为黄教喇嘛住持。大殿中供文殊菩萨,两旁为罗汉像,后有西方殿,中置大莲花座,可以旋转。转时花开,即见弥陀佛、观世音、大势至,右转花合,取花开见佛之义。座下四周为莲花池,池内皆海会圣众,恍如西方极乐世界也。出寺,过前清行宫废基,赴青黄六路联合初等小学校。台山除青黄二僧众外，居民分为六路，凡七百三十余户。所谓东路、西南路、小南路、大南路、北平路、西半路、采茶路，皆系佃户。台山有市街四：曰台怀，曰杨林，曰营房，曰太平，皆忻县、定襄、五台、繁峙、浑源各县人，在此经商者也。山中天气，阴历五六二月最佳，七八月多雨，八九月已下雪，且多大风。十、十一、十二月，正、二、三、四月，皆大雪期。四月下半，雪方消。下雪时，学生在炕读书，住校不还家，自己带米面，校中厨役为之代煮。午刻青黄六路联合小学校各代表，请予午餐。山肴野蔌，别有风味。六路代表（杨春），黄教代表（怡谆），黄教代表（德木齐）。三时半，登梵仙山。山在中台之东，孤峰特起，居五台中央。自麓至顶，高于北京平地一千五百零十籵，合华度四千五百三十尺。上有灵应寺，观其碑碣，则言文殊率五百仙人饵菊于此，故名。下山，至殊像寺，殿中塑文殊像，高三丈，骑青狮，相传为神工所造，其质系燕麦面和所成，殊为庄严。出寺后，日已西下，遂回显通寺。晚餐后，住持寂承和尚来闲谈。余因问十大寺之名。据云，属于青衣僧者，显通寺、塔院寺、圆照寺、广宗寺、殊像寺、碧山寺、南山寺、凤林寺、金阁寺、灵境寺。而黄教有著名十大寺,菩萨顶、台麓寺、罗睺寺、玉花寺、寿宁寺、金刚窟、七佛寺、三泉寺、普安寺、镇海寺是也。

十月五日,晨大风。气温四十六度。晨六时半起,七时后,由住持率领至铜殿礼五塔,并与杨、陈二君、怡谆、寂承二和尚合摄一影。遂出寺东行,数里,至太平兴国寺。寺内西庑供杨五郎像,闻即杨五郎之肉身。像旁有五郎所用铁棍,重八十一斤,余两手略能举之。出祠后,至般若寺。寺在东台楼观谷,三面环山,山上奇石突兀,古柏挺秀。正殿左畔岩下,有金刚窟,深不可测。昔佛陀波利入此未出,故堵塞之。另就寺内山洞,筑二层楼,洞门镌"金刚窟"三字。内藏文殊牙,牙长约八寸,厚三寸,如象牙,其真伪不可辨。又有石镌文殊菩萨手足印。洞内小窟,即金刚窟,窟门阔仅八寸,高三尺,侧身可入。僧人以烛为导,入洞,转折而上,历十三级,有老文殊像,旁有文殊杖。由金刚窟而上,至普乐院。院在两峰之间,前蔽森林,甚觉幽秀。自金刚窟下,至碧山寺,寺已颓废,内藏七级字塔二卷,皆长三丈六尺,阔五尺。一写全部《华严经》,字小如蝇头,上款署"江南姑苏邓尉山圣恩禅寺住持沙门济石,书成《华严经》宝塔一座,奉供五台山碧山禅寺永远流通者"。一写四大部经,款署"姑苏邓尉山圣恩禅寺住持沙门济石,书成四大部经宝塔一座,奉供五台山碧山禅寺永远流通者"(末另署"康熙庚午年虞山弟子许德心成和氏敬书,程嵋眉山氏绘像")。余令僧人悬于正殿梁上,下垂至地,方得观其全文。字细于蝇头,至可宝也。一时回显通午餐,餐毕休息。二时后,上大螺螺顶,顶高于平地一千五百粆,合华度四千五百尺。五台顶五文殊菩萨,皆塑像其中。大螺顶上森林,较他处为密。自下视之,郁郁葱葱,颇堪引人入胜。三时后,往访张警察长。四时回寺,预备明日启行赴浑源,游恒山。晚九时,退院方丈怡谆来谈天,其言有可记者。伊云:本寺僧有三百余人,为住持者,安处徒众,终日事繁,虽已退院,尚不能不问,致无暇修行,反不若在家居士,心能专一。余云:出家本为解除烦恼,今若此,非所谓一著袈裟事更多耶?

十月六日晨,六时半起。八时,寺中方丈备斋送行。九时后,乘架窝赴浑源。阳曲之架窝大而行迟,不如五台县之小而速。五台县架窝,牲口又不如山中之雄健而行速，惟架窝则更小，几于不能直坐。出寺，向东北行。十时后，经华严岭。十二时，登红门堰岭。岭势陡绝，盘折而上，人马喘汗不已，十余步一息。一时后，到岭巅，高六百粆，合华度一千八百尺，高于平地二千一百粆，气压五十八粉，气温六十八度。前数日因下雪，已无意登台。今日忽天气晴和，且无风，乃从红门堰步行五里，上东台。登绝顶，高二千三百四十粆，合华度七千二百尺，气压五十六粉，气温六十六度。有石室三间，中供文殊菩萨像，屋外有残碑倒地，摩挲读之，乃望海寺碑文也，为清帝御制，只有"二十二年八月既望"数字，缺其一角，不知何帝年号。以《清凉山志》证之，殆康熙也。台距显通寺四十里，距北台三十里。石室中仅一僧人居之，名曰方道，现往那罗延洞打七，有余杭隆兴寺朝山僧名宝华者，为之代理。宝华和尚，为行脚僧，偕一升诚和尚，朝四大名山，已到过普陀、九华，今来五台，自言明年当赴峨眉。三时后，从东台而下。寺僧所谓积雪数尺，人不能行者，亦过甚之词。今观台上之雪，不过二三寸，且大半融解。以今日之天气，即上北台、中台，亦何妨。可知凡事必须实践，仅听人言，不尽足凭，惟狂风时起则确也。自台下红门堰,乃乘架窝行。下堰即入繁峙县境,台山尽于此矣。红门堰上岭已极艰险,不料下岭更难,乱石当道,势复陡绝,马足屡为之蹶。险峻处真是羊肠小径,旁临深涧。余向者在架窝中,能流览书籍,今则颠越特甚,头目眩晕,只可偃卧,一字不能寓目矣。六时半,抵狮子坪,自台山至此四十里。村在四山之中,冷僻无客店,借住于一农家。室中尘埃堆积,扑人眼鼻。向取饮水,水混浊,杂泥沙。北道行旅之不堪,今始觉之。姑且入室,稍息劳顿。命仆煮粥蒸馒头,开罐头食物,以为晚餐。此次陆行恒早晨进食一次,直至晚间再食,乃为常事。气温已低至五十度。自此以下,归入恒山游记。

记五台山佛光寺建筑

梁思成①

山西五台山五峰环抱，盆地居中，镇曰台怀。五峰以内称"台内"，以外称"台外"。台怀为五台中心，附近寺刹林立，香火极盛。殿塔佛像均勤经修建。其金碧辉煌，以炫耀进香俗客者，均近代贵官富贾所布施重修。千余年来文殊菩萨道场竟鲜明清以前殿宇之存在焉。

台外情形与台内迥异。因地占外围，寺刹散远，交通不便，故祈福进香者足迹罕至。香火冷落，寺僧贫苦，则修装困难，似较适宜于古建筑之保存。

二十六年六月，偕社友莫宗江、林徽因及技工一人入晋，拜谒名山，探索古刹。抵五台县城后，不入台怀，

---

① 梁思成(1901—1972)，广东省新会人。曾任东北大学、清华大学教授。著有《清式营造则例》、《中国建筑史》、《大同古建筑调查报告》(与刘敦桢合著)、《苏联卫国战争被毁地区之重建》(与林徽因合译)等。本文原载《中国营造学社汇刊》1944年第7卷第1期，文中配图系原文配图。

折而北行，径趋南台外围。乘驮骡入山，峻路萦回，沿倚崖边，崎岖危隘。俯瞰田畴，坞随山转，林木错绮，近山婉婉，远峦环护，势甚壮。旅途僻静，景至幽丽。至暮，得谒佛光真容禅寺于豆村附近，瞻仰大殿，咨嗟惊喜。国内殿宇尚有唐构之信念，一旦于此得一实证。

佛光寺正殿魁伟整饬，为唐大中原物。除建筑形制特点历历可征外，梁间尚有唐代墨迹题名，可资考证。佛殿施主为一妇人，其姓名书于梁下，又见于阶前石幢，幢之建立则在大中十一年（公元857）也。殿内尚存唐代塑像三十余尊，唐壁画一小横幅，宋壁画数区。此不但为本社多年来实地踏查所得之唯一唐代木构殿宇，实亦国内古建筑之第一瑰宝。寺内尚有唐石刻经幢二，唐砖墓塔二，魏或齐砖塔一，宋中叶大殿一。

正殿结构既珍贵异常，开始测绘惟恐有失。工作之初，因木料新饰土朱，未见梁底有字，颇急于确知其建造年代。通常殿宇建造年月多书于脊檩。此殿因有"平闇"顶板，梁架上部结构均为隐藏，斜坡殿顶之下有如空阁，黑暗无光，惟赖檐下空隙，攀跻匍匐可入。其上积尘数寸，着足如绵。以手电探视，各檩则为蝙蝠盘据，千百群聚，无法驱除。脊檩有无题字，终不可知，令人失望，废然久之。及继续探视，遽见梁架上部古法"叉手"之制，实为国内木构中孤例。似此意外，则又惊诧，如获至宝。

摄影之中，蝙蝠见光振翼惊飞，秽气难耐，工作至苦。同人等晨昏攀跻，或佝偻入顶内，与蝙蝠、壁虱为伍，或登殿中构架，俯仰细量，探索惟恐不周，盖已深惧机缘难得，重游匪易，此时图录未详，终负古人匠心也。

工作数日，始见殿内梁底隐约有墨迹，且有字者左右共四梁。但字迹为土朱所掩。梁底距地两丈有奇，光线尤不足，各梁文字，颇难确辨。审视良久，各凭目力，揣拟再三，始得官职一二，不辨人名。徽因素病远视，独见"女弟子宁公遇"之名，甚恐有误，又细检阶前经幢建立姓名。幢上有官职者外，果亦有"女弟子宁公遇"者称"佛殿主"，名列诸尼之前。"佛殿主"之名既书于梁，又刻于幢，则幢之建造当与殿为同时。即非同年兴工，幢之建立要亦在殿完工之时也。殿之年代于此得征。

为求得题字全文，当时遣僧入村募工搭架，思将梁下土朱洗脱，以穷究竟。孰知村僻人稀，僧去竟日，仅得老农二人，既愚且拙，筹划又竟日，始支一架。同人焦

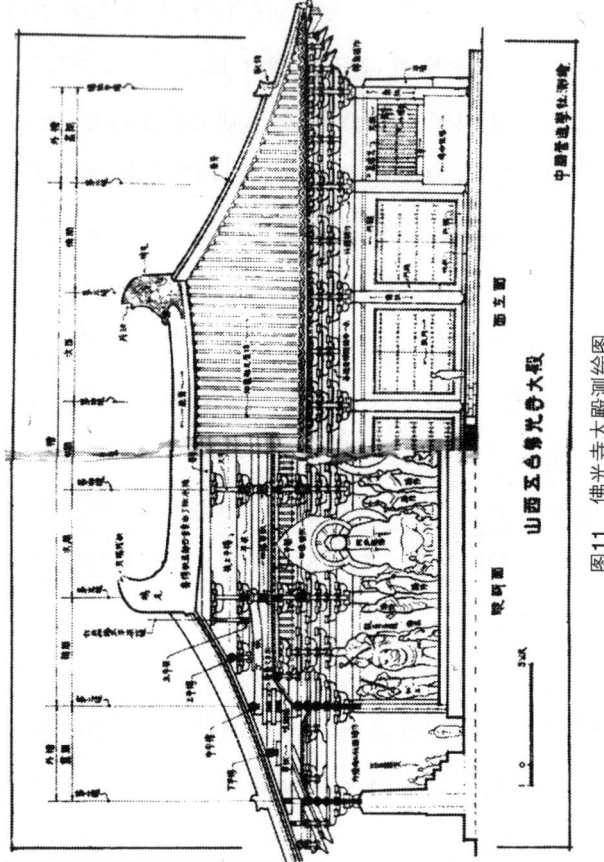

图11 佛光寺大殿测绘图

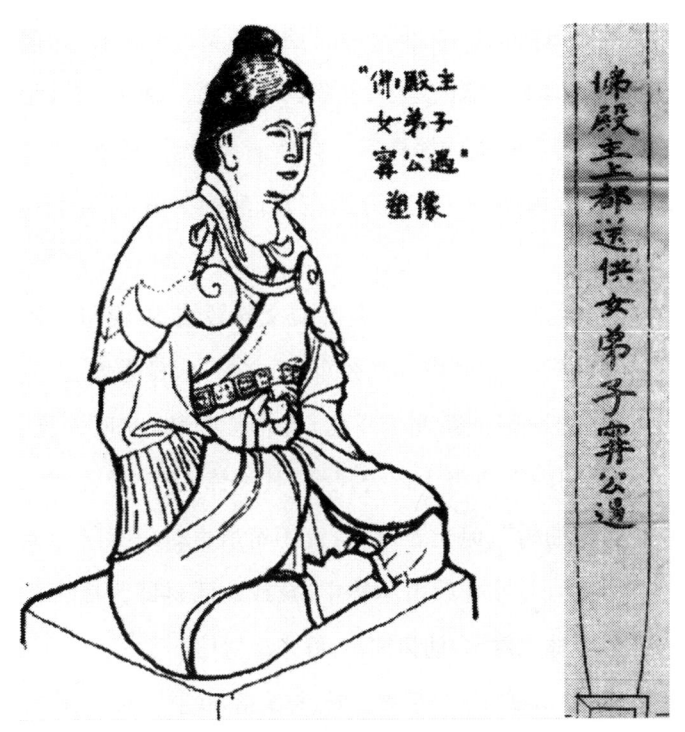

图 12　宁公遇塑像及"宁公遇"字迹

灼,裂布单浸水互递,但亦半日始洗两梁。土朱着水,墨迹骤显,但水干墨色复淡,又隐约不可见。费时三日,始得毕读题字原文。颇喜字体宛然唐风,无可置疑。"功德主故右军中尉王"自为唐宦官,然尚未知其为王守澄也。

正殿摄影测绘既竟,复探视文殊殿结构,测量经幢及祖师塔等。祖师塔朴拙劲重,质文参半,显亦魏、齐遗物。文殊殿则纯系北宋手法,惟构架独特,前所未见。前内柱间内额净跨十四公尺余,其长惊人,寺僧称此木材为"薄油树",但土音难辨,究不解所言。一童子出栎树叶相示,又导登后山丛林中,意或此巨材即为后山栎木,但今林无巨木,幼树离离,终未敢置信。

最后访墓塔于岩后坡上,松林疏落,晚照幽寂,虽峰峦萦抱,亘古胜地,而左右萧条,寂寞自如。佛教迹象,如随高僧圆寂。唐代一时之盛,已渺不可追,亦不禁黯然矣。

工作初竟,曾驰书太原赵次陇先生,详陈寺之珍罕,敦促计划永久保护办法。未料游台怀诸寺后,越北台至沙河镇,沿滹沱河经繁峙至代县,工作二日,始闻芦桥烽火。时战事爆发,已逾五日。当时访胜所经,均来日敌冠铁蹄所践，大好河山，今已不堪回首。是晚阅报，仅知北平形势危殆，津浦、平汉两路已不通车。归路惟有北出雁门，趋大同，试沿平绥返平。又虑平绥或不得达，而平汉恢复有望，故又嘱技工携图录稿件暂返太原候讯。翌晨发自代县，徒步至同蒲路中途之阳明堡，遂匆匆分趋南北。

图稿抵平，多经挫折。然此仅其发生安全问题之初次。此后与其他图稿由平而津，由津而平，复由社长朱桂辛先生嘱旧社员重抄，托带至沪，再由沪邮寄内地，辗转再三，固无非在困难中挣扎者。

今晋省沦陷已七年，豆村曾为敌寇进攻台怀据点。名刹存亡，已在未知之数。吾人对此唐代木建孤例之揣惧忧惶，又宁能自已。调查报告脱稿，略追记前游如此。

（下略）

乳山记

陈敬棠①

忻境多山,其高峻而深秀者,以陀罗为最。陀罗之东北,屹然雄峙者,曰金山,又名程侯山。两山之间为平原,广袤不足三十里,有数小阜,即暖泉、龙泉、前山、凤凰诸小山也。相距均里许,星罗棋布,状若拱卫。中则双峰崛起,高近百丈,并峙如人乳形者,双乳山也。两山一前一后,不相连属,各具岿然独立之势,雄伟厚重,与他山异。山之巅,有古刹四,周围以土垣。内建大殿,形制古朴,有重檐若楼,然上层有橼,如今制,下层以巨木

---

① 陈敬棠(1872—1937),字子庄、芷庄,晚号云滨野史,山西忻县人。1909年被举为山西咨议局议员。辛亥革命后,历山西省议会议员、村政处处长、晋绥财政处长、省政府委员、省公营事业董事会董事等职。1937年病归故里,不久日军入侵忻县,自杀殉国。编著有《秀容诗文存》、《忻县名胜古迹诗文录》、《村政辑要》、《观我斋遗诗》等。后人辑有《陈敬棠诗文辑》。本文原载《太原日报三周年山西书局一周年联合纪念册》(1935年太原日报社编)。

板撑之，覆以瓦，形大质坚，非宋元间物也。殿脊之旁，各嵌玻璃砖，制为龙形，五彩炫烂，栩栩如生。当凌晨或傍晚时，红日远射，光怪陆离，仰视之，称奇观焉。殿中祀释迦牟尼佛三尊，旁各有罗汉数十，形状各殊，座侧立甲胄将军二，分侍左右，高约二丈余，像伟大，工尤精巧，为吾忻各祠宇之冠。殿外建两庑，及乐楼，此古刹之大略也。惟创建年月不可稽，碑碣所志，栋梁所书，皆明清两代重修之纪述，以形制视之，当在宋以前，惜无确实之考证耳。余家居前乳山之阳，去山麓不百武，故余由少及壮，风静雨余，辄喜登焉。凭高一览，则云中、双尖、陀罗、落雾、独担，以至石岭、五峰诸山，蜿蜒起伏，绵亘百余里，恍在目前。而读书山亦复隐见于云岚杳霭中，俯瞰则云中河潆洄曲折，环绕于村之西郊，如拖匹练。当夕阳西下，山光水色，互相掩映于斯时也，几令人有出尘想。俄而远树迷离，炊烟渐起，樵歌高唱，暮色苍茫，余犹高瞻远眺，徘徊不忍去者久之。夫人以习而感生，习愈久则感愈深，余之于乳山，亦犹是也。比岁乡井久别，城市苦居，往往终岁不归，即归矣，又以人事匆促，不暇登眺，而回首家山，昔日之情与景，辄复形诸梦寐，而不能忘也，爰记之。

同蒲路原平宁武段视察记

邸毓灵①

一、视察动机

东北沦陷,于兹五载,开发西北,实属刻不容缓。然兹事体大,头绪纷繁,便利交通,诚为当务之急。记者籍隶山西,桑梓谊切,谨就假期之暇,视察同蒲铁路原平宁武之一段,将其所得,拉杂写出,并以该路修筑概况,附于篇首,供诸全国关心西北人士之参阅。至该路对于西北之重要,若北与平绥,中与正太,南与陇海,实行联运,

---

① 邸毓灵,1949年后曾任陕西城固县立初级中学教育主任。《西北论衡》还刊载过其《晋北崞县阳武河流域水利调查》、《绥远的山歌》等文章。本文原载《西北论衡》1937年第5期。

以山西富藏未辟之煤矿，突飞孟晋之棉纱，以及西北实业公司所属各厂之毛织、皮革、洋灰、火柴、罐头等大量生产，输之国内外，则不仅富国已也，中华民族之复兴，亦利赖焉。

二、修筑概况

同蒲路乃同成铁路（大同至成都）之一段，由晋北大同至晋南永济之风陵渡，清宣统时已开始修筑，嗣因辛亥革命军起，遂致中辍。此次修筑，犹大致遵循旧拟路线，于民国二十三年七月兴工，迄今历二载有余，工程进展，异常迅速，除原平、风陵渡间，已于二十五年一月一日实行通车外，北段原平至宁武间，亦经赶工修筑，客货正式售票，为期亦不在远。宁武至大同间，土方工程，又已竣事，敷设路轨，无日或停，据官方预计，将于本年间全线即可实行通车矣。

甲　测量经过

路线勘查，始于民国十六年五月，由二德籍工程师穆兰与王鼐，先后测画，前后共需时二十九个月，于二十年三月完竣。沿路多崇山峻岭,若太原岭、石岭关、阳武口等处,工程艰巨,需款浩大,王、穆两氏于测毕后,即建议改修窄轨。经当局多次研究,精确估计,其修八十五磅之标准轨路(宽轨),需洋九千余万元,修三十磅之米达轨路(窄轨),需洋一千六百二十余万元。又据确实调查,同蒲路货运,每年约五千万延吨公里,客运每年约七千五百万延人公里,合计每年汇款,约三百五十万元,并依正太铁路多年统计,其运输量之增加,每年约百分之三十,按三十年内计算,就其收支损益,修八十五磅标准轨路,须赔累七万八千九百五十元之巨,而修三十磅之米达轨路,可净赚六万零一千六百五十余万元,相差竟达十四万六百万元。再若以之修筑标准轨路,约可十五六倍,废而改筑,亦合算多多矣,如此推算,至五十年终了,则上述两种轨路,相差可至八十八万万元之巨,以故本省当局,思修筑宽轨,目前既限于财力,日后又不胜其赔累,乃决定修筑每公尺十五基罗九之米达窄轨,即现所采用者也。

乙 干线及支线

干线北段(太原以北)长三五一公里七七七点四八

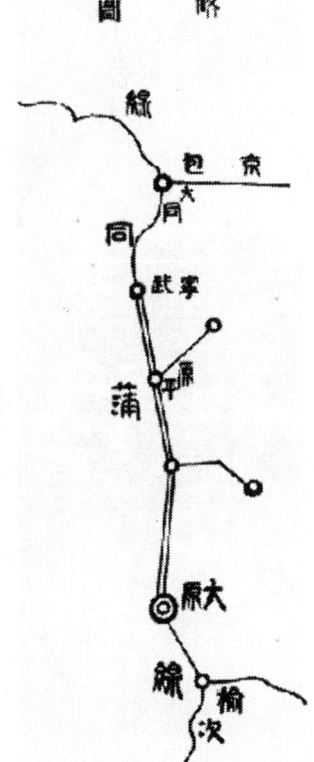

图 13 同蒲路北段略图
(见《宁武至太原间标准路轨工事完成》,原载《侨声》1939 年第 1 卷第 7 期)

图 14 修筑中的同蒲铁路宁武段
（摄于 20 世纪 30 年代）

一公尺,南段(太原以南)长五〇六公里二一四公尺,共计八五七公里九九·四八一公尺,据《山西省政十年建设计画》,同蒲支线,网布全境,期于十年内次第完成。其名称里数如下:

白晋支线　六〇五里

太碛支线　五〇〇里

宁河支线　一九〇里

运茅支线　一二〇里

汾介支线　八〇里(现已通车)

乡汾支线　一〇〇里

河新支线　一二〇里

新晋支线　四〇〇里

晋清支线　一二〇里

盂阳支线　一三〇里

盂黄支线　一七〇里

忻窑支线　一二〇里(现已通车至甲子湾)

临屯支线　三〇〇里

长东支线　二一〇里

西山支线　三〇里(现已通车)

介隰支线　二〇〇里

原繁支线　一八〇里（原平至阳明堡间现已通车）

岱浑支线　一二〇里

太兴支线　三六〇里

太辽支线　二三〇里

朔虎支线　二六〇里

共计　　　四五四五里

丙　工程进行经过

民国二十一年十月兵工筑路局成立，拟定全线工程，分三期修筑：

第一期　原平介休段（由太原南之介休县，至太原北之原平镇一段）

二十一年一月成立南段测量队，实行定线测量，出测太原至介休一段，此段约长一百二十四公里，最大坡度为百分之一，最小曲线半径为三百公尺，同时成立北段测量队，实行定线测量，出测太原至原平一段，此段约长一百二十公里，最大坡度为百分之一点二五，最小曲线半径为二百公尺。五月一日正式开工，九月开始构桥工程，所有一切木桥，均由兵工担任，圬工桥沟，因兵工尚无经验，均暂招商承包。十二月太原、介休段开始敷轨，暂招工头承作，加派部队充当小工，以资练习。二十三年五月，敷至介休，先通工程列车，七月一日，正式通车。太原原平段，因石岭关改线关系，至二十三年九月，始开始敷轨，十二月底，敷至忻口，次年七月至原平，八月一日与临关至侯马段同时通车。

第二期 介休、临汾段（南二段）及原平、朔县段（北二段）

二十二年九月，开始定线测量，长约一百三十四公里，最大坡度为百分之一，最小曲线半径，因卢石沟山道崎岖，缩小至一百五十公尺。自十二月起，陆续调派工兵，开始路基土方工程。二十三年四月，开始圬工桥沟，分由兵工包商承作。十月开始敷轨，完全由兵工担任，十二月底已敷过霍县，营业列车同时展通至此。至二十四年五月，敷轨至临汾，太原至临汾即全段通车。

原平、朔县段于二十二年十一月开始定线测量，约长一百零五公里，最大坡度，连同曲线减折率在内，增至百分之二，最小曲线半径，缩至一百公尺，其间崇山峻岭，为同蒲全线最难修筑之地段。二十三年七月，陆续调派兵工，开始路基土石及隧道工程。二十五年七月，修筑桥梁工程，九月开始敷轨，今已敷至宁武，工程列车，已于十一月间通行。本文所述，即本段原平至宁武间之情况也。

第三期 临汾、风陵渡段（南三段）及朔县、大同段（北三段）

二十三年一月，临汾、风陵渡段，开始定线测量，约长二百三十公里，最大坡度为百分之一，最小曲线半径为三百公尺，自十月起，开始兴修。二十四年六月敷轨，八月一日通车至侯马（并见太原原平段）。十二月底已敷至风陵渡，至二十五年一月一日，北段原平至此，开始直达营业列车。计此段兴筑，虽较北二段原平至朔县为晚，而完成反较早。至朔县、大同段，土方工程，已于二十五年前完竣，唯以敷轨方至宁武，故通车尚需时日。然南段既早告成功，今后即用全力完成北段，且绥战未已，国土堪危，虽前线健儿，皆能为国杀身，浴血抗战，而后方军需供给，尤须源源不断，当局有见及此，故最近已下令加工赶修，限本年九月前全线通车云。

三、视察经过

记者于旧历正月初八日,行抵原平,同行者有四叔父等共三人,盖以四叔等于沿线情形,知之较详,挽之同行,以作南针也。原平为一市镇,居崞县中心,未筑铁路之前,已成交通重心,汽路纵贯,南至太原,北至大同,皆半日可达,今又变成同蒲路北段重心,交通愈形便利矣!居民七百余家,商号半之,近年虽因农村经济破产,营业衰落,而熙来攘往,尤较县城为繁荣。县第三区公所及高小在此,驻军除省军数团外,且有中央军留守之一部,此地北障雁门,西守阳武,为晋北军事重镇。同蒲车站在西门外半里余,站房三楹,状殊简陋,有水塔一,道班房一,工人宿舍数间,以同蒲全路言,犹属设备齐全者,较之平汉津浦等路,不免有小巫大巫之感。路轨转西北行者,为通大同干线,一径北上者,为原繁支线(原平、繁峙间),原繁支线至阳明堡段已于三月一日通车,因系绥东军运吃紧时,赶工修筑者,既无路基之可言,亦少桥梁之架设,因陋就简,不成路样,俟军运缓和,定当重加修筑也。记者一行,循干线西北行,至大牛店车站,可三十里,沿途村庄稠密,路基平坦,修筑较易。

大牛店亦市镇之一,第一区公所及一区一高在此,市面不若原平之繁荣,唯油房林立,所出北路油,驰名省南北一带。此地相传为车裂李存孝处,昔定襄郑某,赴陕西神木,道经过此,指土人曰:"此处当立周德威故里一石碑",洵佳话也!

出大牛店,则冈峦起伏,渐入山境,至浮图寺,循山麓行,蜿蜒曲折,坡度增高(约至百分之一),而路右临阳武河岸,水流湍急,时虞倾塌,诸堤设坝,所在多有。路左山腰,有浮图直起,耸入云霄,询之土人,谓扶苏太子庙也,拾级而登,意欲瞻此枉死太子之尊容,一掬同情之泪,不料正中所供者,乃我佛如来也。扶苏安在?不得而知。询之知客,谓塔中所供佛像则是,并言扶苏在附近马投崖(一名太子崖)坠马而死,肉身坐化,建塔于此,享受人间烟火。壁上所绘者,则太子由生至死事迹也。记者闻之,不禁发噱,考史始皇命太子监蒙恬于上郡,二世即位,太子竟自杀而死。上郡,在今陕西延绥地,非崞境也。崞城西二十里,有柏枝大王庙,土人相传即扶苏太子庙,已属不经,又谓扶苏在此坠马而死,肉身成佛,佛于彼时,尚未传入中土,壁画所指太子诞生以及说法各节,实亦我佛一生事迹,土人不知,以讹传讹,遂致张冠李戴,铸成大错。

日当中午,抵上阳武,此地距原平约四十里,记者一行,已饥肠辘辘,急欲打肩停息,以壮行色。至街心,目睹店铺栉比,人马辐辏,虽一村庄,实占重要,盖远近各村至阳武口内驮炭及通宁武、神池、五寨、偏关、平鲁、朔县以至陕西必经之路。村临阳武河岸,两岸崇山峻岭,恒山横断脉余支,至此突止,除溯河直上外,无道可入。同蒲铁路至此,无一段垣直可言,唯顺天然地形,一面循山,一面临河,蜿蜒曲折,愈进愈险,若遇绝境,则轰山裂石,凿隧洞以通过,或架设桥梁,直越对岸,有若正太铁路穿行娘子关间焉。太白有诗云:"蜀道之难,难于上青天。"记者于此,亦不禁有同感焉。此道在昔铁路未通以前,所恃者唯栈道之敷设,不然,当春秋两季,行人骡马,犹可遵循河心,坎坷直上,一至夏季,山洪时发,水源深远,竟日未已,冒险前往,人畜之被洪水漂没者,时有所闻。冬季虽无山洪之为患,然冻结成冰,琉璃一片,人畜行经其上,又难免滑折之虞,故出上阳武自强风崖起,入阳武口、下马圈止,倚山敷石,以成栈道,断断续续,长约二十五里,至兴修时代,已代远年湮,不可考诘,而补修重建,则无岁无之。今则同蒲铁路从此穿行,谁谓阳武天堑,不能飞渡耶?

出上阳武,沿铁道再西行,不数十步,有峰岸然直起,障绝去路,则强风崖也。河流至此,遇阻不能前进,乃折而北行,水石相激,飞沫溅天,砰轰澎湃,声闻里外。有铁桥架登彼岸,为兵工所筑,桥墩纯由水泥筑成,因阳武河水流湍急,山洪时发,大石随河水下冲,有似擂木炮石,当者披靡,故修筑时,下基深入数尺,以备河水之冲刷,不致桥墩动摇,影响全局。此桥所注意者,乃桥墩之宽大,即擂木炮石,相与俱来,亦不致摧折也。桥孔凡七,长约二百余步,无桥栏之安设,记者行经其上,视桥下行人车马,蠕蠕而动,已是头晕目眩,几至不能举足,而大风从阳武口循河吹来,砭人肌骨,风声水声,打成一片,直入耳鼓,飘飘然身已不自主矣。

渡桥不久,闻汽笛呜呜,由西方来,知为本路工程列车行抵此间,然路线至此,山峦愈多,工程愈险,转湾曲折,车行不易,且路轨初敷,未臻稳固,车行其上,蠕蠕而动,几无速度可言,土人喻之为牛车,信不虚也。路间尚多工人,正在工作,或修正路轨,以期平直,或钉固铁片,而免动摇,丁丁之声,不绝于耳。甚有石匠多人,以铁凿锤裂山石,悬岩峭壁,于焉开坦。使车行此间,两旁既不致有轩轾之虞,又以所凿碎石,垫铺枕木,诚一举两得者也。盖此一山脉,皆属石山,除表皮薄土外,人力势难凿裂,故修筑之初,皆以炸药轰炸,历十阅月而成,人力经济所费不赀,较之正太铁路娘子关工程,犹属艰巨。沿途皆高山夹峙,中为大河,无路可走,如此修筑,使天然山石,屏蔽河水,一劳永逸,路基无虞,亦不得不然耳。

行行重行行,于两山夹峙中,不知登几多高坡,转若干曲折,约五六里,忽逢一洞,长三丈余,洞内石形差齿,尚待修凿,出洞门,豁然开朗,记者一行,乃席地而坐。对岸有小村一,居民约十余家,倚山面水,风景宜人,鸡鸣犬吠之声,隐约可闻,诚桃花源境也。询之四叔,知名营房上,又名六郎寨,乃昔杨六郎镇守三关屯兵处,遗址犹存。迨抵卢家庄,日已西斜,决意今晚宿此。河从村西北来,出村不数武,复折东行,路线至此,因曲折率关系，不能循山前行，乃运土成堆，筑成一大曲线，虽已敷轨，路基工犹未竣，记者经此，适逢兵工一队，结队归村，荷锹担筐，秩序井然。

卢家庄为阳武口外第一村，倚山临河，形势险恶，为往来行人入口必经之地，店铺林立，颇属热闹，记者一行于宿店后，趁月色出村，一览附近名胜古迹。河之北岸山坡，有古城遗址一座，居民俗称孟良城，相传为宋孟良守边所筑，山头且有羊肠鸟道，据云循山而行，可直通雁门关一带，为当时孟良巡山与杨六郎信使往还所经之路（杨六郎时驻今代县阳明堡）。今唯败瓦颓垣，徒供凭吊而已！同蒲铁路经此，以开山裂石，穿一角而过。

村之西北，不数十武，则为阳武口，因经年大风，又名黑风峪口，两岸山峰突起，面面相对，危岩峭壁，高不可攀。除循河外，无路可遵，形势险要，可见一斑。河水从此而出，阔不数丈，势如奔马，河之东岸，为石筑栈道，高者几与山齐，低亦丈余，人行其上，时虞颠覆，河之西岸，为同蒲铁路，开山裂石，工程尤巨，岩上嵌铁制电杆，架设电线。双峰右壁，有石穴一，相传为明末宁武总兵周遇吉拒李闯王所穿。相传闯王率其部众，本欲溯河入口，直取宁武，遇吉以如此要隘，兵微将寡，不敷分配，乃使人以土袋填口，断绝通行，河水上决，直至上马圈村，居民房舍，势成游鱼，不得已，始穿此穴，以泄流水，且闯王若果不备，大可起袋放水，以潾其众，亦系上策。后闯王果行军至此，驻扎距此约十余里之沙峪村（同蒲铁路设小站于此），部下有谋士某，人称吴用先生，见山势纵横，河道阔溢，而河水仅属一线，语云"有大山必有大水"，察其必有埋伏，力谏闯王绕道代州，逆取宁武，闯王从之，未中其计，其穴今已半毁。

初九日晨，出卢家庄，虽天朗气清，而冷风袭面，颇觉不耐，仍循铁路前行，抵石窑湾，又有铁桥一，横架河上，形式制造与强风崖同，唯桥孔少一，工程艰巨且过之，因此段河身多沙，桥基须更深入，始臻稳固也。过桥不久，再睹阳武天堑，虽属重游，而形势雄壮，风景天然，不禁徘徊者久之。

过口门，又一世界，村落三五，点缀于河之北岸，河分二支，一由西来，一由北来，至石嘴上合流，经阳武口而下，铁道循河南岸西行，虽犹开山裂石，无一平坦，较之阳武口间工程，实不逮远甚。二十里，抵轩岗镇（古名玄冈），车站在镇南牛家梁下，水塔工程，犹未完竣，有车头一，正升火待发。记者一行，离铁道北行，过河入镇。轩岗属第四区管辖，第四区公所及高小设此，因铁道前方修筑，距此未远，故筑路机关，犹多驻此，居宅大门多粘贴同蒲兵工筑路某某机关纸条，且有晋绥宪兵督修队驻此。有书"同蒲铁路矿产探测探煤处"一所，询之居民，知探测地点在车站附近牛家梁沟中。记者以晋省之煤，甲于全球，而同蒲铁路北段原平、宁武间之主要输出，为煤与木材，惜所有煤窑，皆以土法开采，不知改良，不能多所开挖，良可惜也！今当局有见及此，拟以机械之力，发此天然富源，于国于民，利益殊多。欣喜之余，乃决意复返镇外，探其究竟。上牛家梁，见广场一，有锅炉三尊，横卧地上，石块数堆，围积四周，以为建造井桶之应用，唯阒无一人，探测何处，茫然难晓，不得已，循山沟行，回还往返，精疲力竭，终焉不得要领，而水声潺潺，风声呜呜，怅望徙依，欲释不忍，方拟毅然引去，忽逢工人四五，施施前来，近前询之，吞吐者再，终云不知，一似有何秘密，不足为外人道者。后闻远近传言，谓名为采煤，实则建设地下工厂，制造国防用品，用避飞机轰炸也，然乎？否乎？尚待事实证明。

出轩岗，溯河由同蒲铁路桥下过，先至姬家山村。姬家山距轩岗约十里，在西南山沟中，道路崎岖，渐进渐高，奔波终日，颇觉吃力，迨抵村中，已日落崦嵫矣！记者一行，遂下枕薛氏家，薛氏与记者有葭莩亲，招待殷勤，唯若辈生活艰苦，居积不易，一衣一食，至足简陋。此不特姬家山为是，凡同蒲铁路北段沿线各村，皆属相同，此诚关心西北民生者所当注意，要亦地理环境有以使然也。盖上述各带，皆属山地，居民既无肥沃之田地可资耕种，又以交通阻塞，文化落后，出外谋生，困难滋多，一般生活之赖以维持者，厥为煤之天然富源耳。记者曾将所有煤区，详为打听，用图示出，一以见同蒲铁路沿线之出产，一以知此间居民，几至衣食住行，无一莫非煤也。

图中所示，纵横约百余里，全境皆山，拔海均在一千五百公尺以上，而到处皆有煤之蕴藏，有"△"号者，则已经土法开采之煤窑分布最多地带也。至土窑之情况，颇饶兴味，有足述者。且关同蒲沿线重要出产，不辞繁琐，缕述于后，以备当局开发煤矿之采择焉！

按科学方法，煤层之采测，视其土石等得知，土窑之采测，间有略晓土石者，而通常见山地有炭迹显露，即悉下有煤层，开始采挖。炭层约分七级，最上名"四尺"，次为"七尺"，再次为"尺八"，此三层层与层间均隔有石层，厚约五六寸。第四层名"腰扎"，此层与"尺八"层间，亦隔石厚约四五丈。五层为"躐蹋"，六层为"小石夹"，此二层乃系夹于上述四五丈厚石间者。七层为"冒长"（上声）。开采之时，必须视其属于何层，而定窑口之所自。据云最上三层，只需一窑口，则可全部采出，"腰扎"一层为一窑口，"冒长"一层为一窑口，因石层关系，每一窑口所采煤层，不能有越雷地一步。至其他"躐蹋""小石夹"，炭层既属不厚，且系夹于石内，无法采入，故皆弃而弗取。

记者曾亲探薛氏土窑，窑在姬家山村外之河皮上，此种土窑，危险万分，若非记者与薛氏有葭莩亲，且再三挽恳，实难得入内也。记者承薛氏之子率领，从窑口入，此窑属"冒长"层，其窑桶（即窑洞）为坡桶（坡状的），非井桶（井状的），下不数步，顿觉昏黑，不辨南北。薛氏子为"担头"之一（担头即挑煤者），睹其裸身赤足，驼背偏偻，担煤筐一，一手持荧荧如豆之窑灯，一手拄长不及尺之拐杖，坦然前行，记者亦随之俯身，进入人间地狱。窑桶为圆形，直径约二尺，转湾曲折，高低不平，人入其间，蛇行而前，稍一仰身，则遭碰壁。记者初时，唯觉黑暗难耐，耳闻水声潺潺，恐怖万状。薛氏子当告："窑内流水，无何奇异，唯前有积水一处，尚希注意耳！"记者领之，鼓勇前进，渐觉灯光微明，上下左右，历历可辨，详视垒垒者，皆煤也。而渐入渐深，空气稀薄，呼吸窒碍，抵采挖点，已四肢无力，汗出如注矣！因悟"担头"严冬时，犹裸体赤足者，盖以此也。此窑桶长约里余，其中分岔甚多，为便若许"担头"之出入，不致轩轾，且一遇积水，即须另开他途也。记者与薛氏子，停于采挖处，"镬头"二人（镬头即挖煤者），正细察煤形，举镬采挖，"担头"数人，分道担出。在此窑内，"镬头"实居重要，若非素有经验者，不克当此。其不知煤形之所成，未竟稳固之大功，而致大险层出，牺牲性命者，不知凡几也！此窑最近数年曾出险二次，一次窑顶塌下，压死"担头"一人，一次采挖逢"古"，淹毙"镬头"二人。"古"者，古人已在上层采挖，发现积水，今人一时不慎，而致新旧相通，积水下流也。如此危险,故土谚有云:"四块石头(煤亦石头也)夹着一块肉,一遇水火就完结!"然此等土窑,着火者(彼等名起灯窑)实不多睹,若辈入窑,可任意吸烟及持灯,无可禁忌。以言煤质,此地所有之煤,皆属有烟,并有焦炭一种,因其色蓝,土名蓝炭,制法:在窑外广场,挖地为坑,深约二尺,砌以石块,分底顶二层,将碎煤满盛坑内,着火燃之,可八九日而成,结炼成块。此种碎煤,大皆出之"冒长"一层,至"四尺""七尺""八尺"三层所出,皆为硬煤,无何碎者,"腰扎"一层,则硬碎兼半焉。

窑内情况,既如上述,若辈冒险采挖,备尝艰苦,而担头按每担(约百斤)售之驮炭者,价仅二三四分不等,结算之下,尚须按股分给窑主与钁头,每人所得,一日不过三四角。记者因思及同蒲铁路轩岗车站,已堆有大量煤炭,继续运往省南北各地,此后销路畅旺,较前仅恃牲畜运输,运费减低,成本无多,采挖者之收入,自亦较丰,若辈之得出幽迁乔,其庶几乎?此外如附近官地村之铜铁等矿,若能大量开采,其利殊未可限量也!

姬家山逗留二日,复作宁武之行,循村西小路,沿山越岭,直趋后口上,由此较至轩岗遵铁道行,约近十余里。经焦家寨,有土堡一,相传为宋焦赞驻军地。抵后口上,形势险要,似阳武口,居民传说为昔之国界,口内为中国,外则夷狄也。记者一行,再循铁道西北行,沿途犹属崇山峻岭,开山裂石,挖沟架桥,所在多有。经瓦窑村,十五里至长畛,见路左有高山倾塌,积压道上,工人数十,持锹担筐,工作方酣,有车头二,回还往来,载所倾土石,输之附近山沟中。因忆原平、宁武段,本定废历元旦开行营业列车,所以迟迟至今,犹未实现者,盖以此也。再二十里,抵段家岭,山形环围,中有一岭,高入云霄,传明末有段将军者,曾驻军于此,故名。路线至此,势成绝境,乃凿隧洞以通过,长约二里余,幽黑难行。而时已中午,欲停无所,不得已,再鼓余勇,爬登岭巅,取囊中姬家山临行所赠糇粮分食之,顿觉精神一振。询之四叔,知岭巅距宁武非遥,且顺山下奔,速度加快,不久当可到达目的地也。路基土方,仍临山沟行,然此山沟,与岭东者绝不相连,水源另起,西向流也。再七八里,虽较平坦,而丘壑连绵,直至宁武,犹或未已。

　　宁武车站地基,在东门外里余之大河堡,为昔之教场旧址。车站房屋,多未兴修,记者一行,忽忽而过,遥望宁武形势，有似飞机，纵长横长，状颇特别，故老盛传，在昔宁武为一凤凰，栩栩如生，周遇吉抗拒李闯王，以土袋填溢四门，遂致压毙。记者疲极，不暇细加审视，乃入城息宿。宁武清本府治，市容整洁，建筑雄伟，除县立各机关外，省立第五中学设此。综计居此二日，每日徘徊各处，流览名胜古迹，择其要者爰笔记之，以为本路游览之指南：

周公寺　在城内西北角，中唯碑石数起，别无可观。公即周遇吉，明锦州人，官山西总兵，守雁门、宁武、偏关三镇。闯贼犯境，率众拒之，卒以身殉。夫人刘氏，闻公噩耗，含悲忍泪，继与周旋，巷战经日，兵尽矢穷，遂跳楼自焚。寺西有公全家殉难地，据传即公之府院，今则残破荒芜，徒增伤感而已。

周公墓　在东门外大河堡附近，平沙荒草，一望无垠。或曰，在河之对岸，未知孰是。

至如宁武之大量出产，最著者为木材，出西门，沿山行，从摩天岭起，直至东寨，约八十余里，山间皆苍松巨杆，森然成林，以言数量，实不可胜计，在昔木材销路，水运以东寨为集散地，由汾河起筏漂售并垣一带，起旱以

图 15 宁武县城楼
（摄于 20 世纪 40 年代）

图 16 宁武县城内纪念周遇吉之牌坊
（摄于 20 世纪 30 年代）

宁武为集散地，运销省内外大同、绥远等地。而本路修筑枕木，亦多赖此。今后交通便利，若能加意保护，不丧其元，使产量日益增多，则外来木材，不难抵制焉。

四、此行感想

记者此行，需时八日，虽备尝艰苦，而所见所闻，均属新颖，今将感想，缕供于后：

（一）本路对于原平、宁武间煤炭、木材以及其他出产运输之重要，与夫对于一般居民之利益，已见本文，兹不赘述。

（二）本路之修筑，系采兵工政策，凡路基土方之建造，敷轨工程之进行，多由兵工担任，化消费为生产，诚事倍而费半焉！

（三）本路所用材料，如砖瓦、砂石、洋灰、枕木等，均尽采用土货，利权不至外溢。

（四）本路一切计划，均经多方研究，精确估计，以期合乎经济有效之原则，按国内各标准轨，距重轨铁路，其每公里之建设费，平均约八万余元，而本路每公里则仅合二万余元，打破全国筑路之新纪录。

（五）晋绥已成国防前线，欲图抗敌救亡，后方供给，端赖交通，本路最难修筑之阳武口至宁武段业已安然渡过，此后地属平坦，全线完成，当不在远，不特对于昔之峭壁天险，可以风驰电掣，而于今日边防交通，所关尤重！至若准备军用物品之存贮，隐避敌机之轰炸，在本段沿途山间，如神山村、大牛店、轩岗镇附近，所挖窑洞林立，远望有若云冈石窟然，当局之未雨绸缪，于此亦可见之矣！

廿六年三月五日写于大牛堡故里

第三辑 晋中风物

游晋祠记

藏　园[①]

逾太行而北,其地控带边关,山川萧寥,氛埃蔽翳,车骑所经,往往皆童冈污潦,风惊尘起,天地易色,使人黯然无欢。而会垣近郊,乃有林泉清美,超然出于尘氛之表,如晋祠之绝胜者,斯乃灵秀之所独钟,匪徒游观之足乐也。祠在悬瓮山麓,晋水之源发焉。山非甚峻,而水乃特灵,故晋祠之名,以泉而益著。自唐以来,见于歌咏者,实始于李太白。太白诗云:"晋祠流水如碧玉,百尺清潭泻翠娥。"名章一播,岩壑增辉。嗣是范希文有"满目江乡"之句,欧阳永叔有"鸣渠夹路"之吟。至竹垞

---

① 藏园即傅增湘(1872—1949),字沅叔,晚号藏园老人,四川江安县人。清光绪二十四年(1898)进士。曾先后创办北洋女子师范学堂、京师女子师范学堂。历任北洋政府教育总长、故宫博物院图书馆馆长。著有《藏园群书经眼录》、《清代殿试考略》等。本文原载《艺林月刊·游山专号》1937年第9卷。

朱氏,纪胜留题,更以"草香泉冽,灌木森沉,倏鱼群游,鸣鸟不已"动故乡山水之思。盖幽奇之景物,重以贤俊之品题,区区一隅,遂蔚然为三晋云山之冠矣。

余幽燕游宦,垂五十年,燕晋毗邻,游䡈易达,老友江君叔海①,数为余颂其清景,西望神驰,匪伊朝夕。近岁及门孙君药痴②,久官山右,闻余将谒五台,属取道太原,驿程差便。丙子新秋,发自旧京,渡滹沱,抵石门,易车而北,亭午展轮,日昳已达。药痴为预戒车徒,翌晨相携出郭。朝露浥尘,秋光满甸,锋车电迈,瞬息越汾水而西,行四十五里,遂抵祠下。仰视殿阁巍峨,缘山而起,丹垣绀瓦,涌出青林,采色交辉,宛如图画。泉流曲折,灌注畦垅,隐隐如蛇行草际。缓步村落间,清淑之气,已逼人眉宇矣。

入门摩读唐太宗晋祠铭,书法圣教兰亭,而骨力坚凝,想见文皇开国英武之概。惟石恶年深,字画磨泐已半,乾隆时邑人杨堉依旧本摹雕,别树一石于右。碑文

---

① 江君叔海,即江瀚(1857—1935),福建长汀人,著名学者、诗人。著有《慎所立斋文集》、《慎所立斋诗集》。
② 孙君药痴,即孙奂仑(1885—1958),河北玉田人,曾任山西省民政厅厅长等职。著有《庸斋诗集》。

所述先皇袭号膺期,竭诚祈福,克昌洪业,实赖神功,知高祖起义,实祷晋祠。王兰泉以《唐书》本纪考之,谓其时王威武、高君雅颇怀疑惧,请高祖祷雨晋祠,将为不利,赖乡长刘世龙告之,得阴为备。其事在大业十二年,祷祠当即在是时也。碑阴有长孙无忌等七人题名,则贞观廿年从行诸臣,其结衔证之表、传均合。别有宋人题名十三段,为皇祐、至和、熙宁、元丰、元祐、绍圣、政和诸年号,凡四十五人。今《山西通志》职官表不载,疑碑阴世少拓本,遂尔疏漏也。别有石刻一联,曰"文章千古事,社稷一戎衣",乃竹垞集少陵句,自书之以留于庭柱者。东有太平兴国九年碑,为宋代重修祠宇而作,撰者赵昌言,书者张仁庆也。少进为叔虞祠,祠壁有宋吕吉甫诗碣,及竹垞游记,以门扃不及入观。

过会仙桥,台上列金人四,状貌威猛,耸立台隅,为宋绍圣赵和、政和赵谦等所造。曾见嵩岳庙守库神,其像亦宋治平所铸,形制与此极相类,或当时风尚使然欤。东向殿庭巍焕,为晋源神祠,旧名女郎祠,熙宁中加封昭济圣母。世传所祀为叔虞之母邑姜,羌无故实。按《嘉庆一统志》,言宋天圣间建女郎祠于水源之西,殆即《宋史》所称太原城西谷之娘子庙,与叔虞合祠,当在此时。一祀晋水源之神,一祀晋始封之君,后人以其加封圣母,遂疑为邑姜,则传讹已甚。殿柱石刻[①]盘龙,雕镂精丽,壮伟惊人,当为明代[②]遗制。殿内塑圣母像,珠缨锦帔,神宇端严。列侍女神,数殆二十,云鬟高髻,仪态各殊,构造当出名匠。顾亭林言,宋封水神为显灵昭济圣母,始饰为妇人之像。然考文皇御制序,末云:"岂若高唐之庙,空号朝云;陈仓之祠,虚传夜影。"盖以高唐神女、宝鸡夫人借喻,是水神装为女像,在唐初已然,特缘饰迄今而愈盛耳。殿外碑碣森立,联榜纷罗,殊少佳构,惟明代藩府题字,差为古旧。此处香火极盛,岁时报赛,士女如云,箫鼓连村,酒食歌舞,争以奉娱圣母为名,而叔虞之祠,门庭阒寂,转若祔祀其旁者。盖世俗不谙典故,几忘其为古先有土之君矣。南为台骀庙,金天之裔,世业水官,宣汾洮,障大泽,有功于太原,其祀于此宜也。左右别有小祠三,其一祀公输子,余皆诡诞不经,缁流藉以眩

---

① 此文后收入《藏园游记》(印刷工业出版社 1995 年版),书中"石刻"作"木刻"。

② 同上,"明代"作"宋代"。

图 17　晋祠龙柱
（摄于 1936 年）

图 18 晋祠真趣亭
（摄于 1935 年）

愚俗、敛财利，此淫祀惑人，有司所宜申禁也。

更南为难老泉，上覆以亭，即晋水之源所出，青主榜书二字极古劲。前行穿石佛口，南北二泉至此汇合为池。环池亭阁参差，北曰真趣亭、西曰不系舟、其南曰流碧亭，通以小桥，榜曰碧波。泉初出佛座下，渟蓄如深井，滥溢于殿隅、环通于桥下，皆澄泓虚净，深碧湛然。及溢入南池，则怒流喷薄，縠转雷轷，其势清驶壮快，沛然若不可御。池心石塔孤标，云以分水，平堤横亘，藉以障流。堤下留十穴，北七南三，泉自穴散布而出，承以深塘，斯以长渠。沿及下游，画为南北二河，枝流津通，浍埩钟泄、缠络畦圃间，俾晋阳人民藉以专碾硙之用，收灌溉之功，号为膏腴浸沃者，凡四十五里，泉之为利，亦宏矣哉。闻旧时村农争水，诉讼不休，至宋时有贤尹陈知白，相度源委，始定北七南三之制，被泽均平，民用翕服，循守至今。然南渠得穴虽少，其水量转视北渠为丰，知当时脉水之功深矣。

折而北，历览清华堂、美荫亭、松水亭、映月池、放生池、玉带河诸胜，登会仙桥，倚槛临流。池在古柏浓阴中，水莹净如玻璃，荇藻交萦，中有长生苹，隆冬鲜碧，染池底细石,宛成绿玉。游鱼往来,日光漾射,波纹鳞影,错灿作黄金色,与泉穴跳珠相映发。俯仰池潭,玩兹丽瞩,人情为之开涤。若值夜泛流月,晓曳光烟,其怡神乐志,当复如何。昔梁简文帝云,"会心处不必在远,翳然林木,便自有濠濮间想",况景色澄鲜,身入神明之镜,若是其清妙者耶?步入善利亭,亭本以善利泉得名,今泉塞亭荒,不获与难老媲美矣。

殿左老柏横卧,霜皮半蜕,铁干孤撑,怪伟无伦,青主题为"晋源之柏第一章",即世传之周柏也。自此拾级而上,为朝阳洞,亦陶穴之类,初无奇迹可观。别有二洞,曰开源,曰云陶,皆凿土为室,湫暗殊甚。北舍三楹,榜曰待凤轩,寺僧于此款宾。余喜岩泉之美,出黄山松谷茶试煮之,乃水味重浊,渺无甘冽之风。再试以京师茉莉双薰,亦不适口。询之土人,谓土石含滋、质液不纯所致也。出轩西上,有读书台,为北齐王愔读书处。台左为三台阁,右为仙阁,皆高旷可供升眺,而结构殊无雅思,不足发林泉之高致。

下山出南垣,过王恭襄祠,荒寂无人,惟门前银杏双株,尚雄张如翠蠹。晋溪书院,余败屋数椽,兀立荒垅。

沿山西南，幽径回转，翘望青林罨霭，塔影重重，破烟岚而涌出，是为舍利生生塔。塔在奉圣寺别院，隋开皇时所建，宋宝元三年重修，清乾隆时复加葺理，迄今尚完整可观。奉圣寺为唐时鄂国公故宅，殿庑遗像犹存。前殿佛像，制作古丽，廊下树元皇庆三年碑，为王居实撰文，述寺为尉迟敬德属无疑禅师所建，高祖赐名十方奉圣禅寺。据志载，金贞祐间毁于兵火，元释洪智为之重建，至正又被灾，明洪武中，并明月、龙福二寺入焉。庭列古柯，犹金元遗植，松柏桧楸，各占一隅，寓松柏千秋之义，以俗呼桧为千松也。外院一松，横压东廊，夭矫如龙蟠，极奇肆之致，属毅如摄取一影。访江叔海故居，距寺东咫尺地，适有客栖止，不及入视。临别过宝翰亭，题名于重刻唐碑之侧，纪来游岁月，以同游姓氏附志焉。

夫晋祠之得名旧矣，泉之清壮，既足以泽物利民，而山川晖丽，庙貌崇严，尤足使人吟赏徘徊而不能去。昔郦氏注晋水云，沼西际山枕水，水侧有凉堂，结飞梁于水上，左右杂树交荫，希见曦景。羁宦游子，莫不寻梁契集，用相娱慰，于晋川之中，最为胜处。似此神乡胜赏，千载知名，自昔嘉客名贤，盘桓啸咏于此间者，何可胜道！而披览图经，揽胜纪游之作，绝少流传，惟明之乔希大，清之朱竹垞、刘海峰，差有纪述。岂文字之力，不足以抒发灵奇，抑年祀辽远，无人掇拾，遂令名山胜概，长此寂寥也。余二十年来，遍游南北，所历山水名区众矣。顾襟寄所存，尤耽泉石。就北地言之，燕京之玉泉、辉县之苏门、历下之趵突，皆为天下名泉。今以晋祠视之，其源流之浚发，膏液之清长，皆较他泉为壮盛。且并门荒瘠之郊，乃有吴越江乡之趣，尤足使羁旅为之慰情，尘浊因而荡涤。竹垞所谓"既至祠下，始欣然乐其乐者"，其言殆深有所感耶！余深喜兹游之怡畅，又惜兹泉之美，而前人经行所届，多语焉不详，殊不足以侈俊游而标逸兴，爰就耳目所及，旁咨博考，备列于编，以讯来者。至于词旨疏芜，未遑润饰，私用自惭。特以困守危城，中情悲梗，西瞻汾晋，雁影凄迷，追理旧游，聊以遣日。后人览其文而哀其志可耳。兹行同游者，绍兴周君养庵、贵阳邢君蛰人，及四侄毅如，凡四人。岁在丁丑夏历八月二十日，藏园老人识。

晋祠游记

我 一①

民国八年十月,赴第五次全国教育会联合会于山西。既抵省,询附近胜迹,咸以晋祠对,距省城四十五里,在太原县西南十里之悬瓮山麓,乃于十九日结伴往游。先由李君伯仁、俞君镜清为雇骡车备糇粮,瞿君锡庆导之。八时发桥头街,出大南门,道宽广而不修,一骡马曳笨车得得而行,泥中轨痕如小沟,高下二三尺,轮转其上,欹侧欲倾,南人视为畏途,北人安之若素。虽然,路政为治国之要务,交通不利,教育实业,无不被阻,可不急图改良哉。过汾河,两岸泥滩数十丈,水涨则河,水退则滩。时值深秋,河已涸,中流仅丈许,架草桥以通往

---

① 我一即庄俞(1876—1938),江苏武进人。曾与人创设体育会、演说会、天足会等,开展社会教育活动,提倡实用主义教育。著有《我一游记》、《应用联语杂编》等。本文原载《小说月报》1920年第3期。

来。桥面不五尺,车难并行。彼岸车来则大呼,此岸之车待之。此岸车往亦然。时或车行水中,过沙河则水尽涸,已成平地。不过两堤如高垣,河道宛然可证,水至则乘舆以渡,乃寻常事也。过太原县城外,城垣尚整,更十里即达晋祠。

晋祠,一古祠也,而镇以祠名。负悬瓮山,据晋水源。《山海经》云:"悬瓮之山,晋水出焉。"周成王九年,封弟叔虞为唐侯,地在晋水阳。相传桐叶封地故事即此,其子燮以晋水故更国号曰晋。既入赵氏曰晋阳,智伯决晋水灌晋阳即此。《魏地形志》:晋阳有晋王祠。北齐天保中大兴营建,遂为北都。《北史》后主天统五年,改为大崇皇寺。唐高祖起兵,祷于此。既定天下,立碑颂德。太宗复自为铭书而刻之,晋祠之名以盛。然祠祀叔虞,不知始于何时。宋天圣间建晋源神祠,祀邑姜,唐叔虞母也。盖晋祠之初,仅祀叔虞。宋代祷雨辄应,因封邑姜为水神,熙宁中加号昭济圣母。明洪武初,复加号广惠显灵昭济圣母,四年改号晋源之神,奉之正殿。叔虞封汾东王,庙居左侧而南向,是知子为母屈矣。邑姜为十乱之一,齐太公望女。叔虞之封唐也,亦发梦于其母。后人因子而尊母,宜哉。碑文之辨此事者不一也。

入景清门有殿三间,后轩额题"水镜台"三字。更进为金人台,就院之正中,筑台成平方形,纵横约各二丈,即古之莲华台,民国六年重修。一小方亭据台中央,内置金身神像,四隅有金人四,皆铁质,俗呼铁汉,盖镇水金神也。各高七尺许,一立西南,一立西北,为宋绍圣四年五年所铸。一不明年代,一为民国二年所铸。志称一立东北,明弘治间铸;一立东南,宋政和年间铸。然则余所不明年代者,即政和间物。弘治所铸,不知毁于何年,而民国初元,乡人士特补之耳。就其工艺比较之,绍圣所铸,奕奕有神,质亦纯洁,非近铸者所能同日语。岂艺术之退化耶,抑工费有丰啬,致品物有精粗耶?金人台之右,空屋三间,额题"大观在上"四字,后题"栖云"二字。左为清华堂三间,更进为"万古流芳"之巨坊。又进为献殿,额题"灵源广润"四字。左右有钟亭,其一有古钟,其一则空焉。献殿之左为一鉴居及偏殿三间。

正殿七大间,门阙岿然。前半廊庑宽宏,明清两代碑碣林立,文武泥像对立。檐下八柱,金龙盘空,极飞舞之致。后半屏门严肩,正中为圣母神龛,古装雄伟,即邑姜。左右侍女六,亦偶像。殿前院中为广平之石桥,左右桥柱题"鱼沼""飞梁"各二字,泉流于下。殿前松槐皆十围,古柏数株,周景柱碑记指为隋唐物。其一在苗裔堂前,势若卧龙,根干贴地横生,坚劲如石,肤理纽蹙,若吴道子画衣缕状,姿态最奇,壁有傅真山题"晋源之柏第一章"七字。其一在飞梁之右,双干并茂,每干又直出三四株,亦复可观。县志载庙院有古柏一株,相传为周时遗植,问之老道,则指殿前四株,皆为周柏。但以真山"第一章"三字味之,尚有第二章,第三章可知。历时三千余年,县志之一株无确证,老道之四株,亦未可尽非也。

晋祠以晋水发源名,而水源实发于两亭之下。亭皆八角式,嘉靖间重建。在右者为难老泉,在左者为善利泉。难老泉并有"晋阳第一泉"之题额。宋公乘良弼有记云,难老泉源晋祠下,东走平陆,十分之①,故浚其源为十,穴庙垣以出。其七分循石弦而南行,内一分半面奉圣院折而微东,入于郭村;五分凑石桥下,入晋祠,特又支出者半分,东南入陆堡河。其三分循石弦而北行,通

---

① 编者按,公乘良弼《重广水利记》"之"字后尚有"南三北七,以溉田土",此文刊载时遗漏。

图 19 晋祠周柏
（摄于 1935 年）

圣母池，入太原故城，已而皆会于汾河。余尝详察之，泉源自善利亭下过石桥，通难老亭之下。昔人錾石如巨井，其下必有机激之，故泉于此汹涌而出。复錾石为塘，壁题"石塘"二字，或以水清可鉴，又名"清潭"，俗呼金沙滩。塘内有长短二堤，高约尺许，纵横相接。长堤之下，凿孔十，水自源处入塘，穿孔而流，激越有势，汩汩有声。而此十孔中，七孔为一列，三孔又为一列。短堤之起点，即阻隔于此七孔与三孔间。出自三孔者，水势向北，出自七孔者，水势向南，与良弼所记尚合。水之深度，固溢堤而过，而南北分流之势，不难辨之。天然事理，有至趣存焉。水清而温，终岁不溢不涸，有长生苹，苍翠点点，摇曳水中，水愈深，色愈艳。真趣亭翼然跨泉上，形正方，空其下。石阶整齐，历十五级，得方丈平地，即至泉旁，是为石梯口。又名洗耳洞。赤桥村人以造纸为业，每逢春秋二季，北河水涸，即来此洗纸，为利亦大矣。志称去庙三十步为流杯亭，跨泉上，后或易名小兰亭，今皆不可见，殆即真趣亭旧址耳。是为晋祠最胜之地，徘徊其间，可涤俗虑。余坐亭上摄一影，自题"听泉真趣"四字，以为纪念。

水晶宫在晋源之上，为殿楼三间，祀敷化水母，或谓即县志所称女郎祠，宋天圣间建。右侧由石级登楼，中有女神，前立女像六，似土俑，服装奇古，或又谓水母即邑姜，此其寝宫耳。是非不必详辨也。

水晶宫旁为公输子祠三间，又台骀庙三间，初为高汝行建，后为东庄高氏累次重修。昔子产语叔向曰，金天氏有子曰昧，为元冥师，生允格、台骀，台骀能业其官，宣汾洮，障大泽，以处太原云云。所谓大泽，即环东庄之一片水。后人思其宣障之功，祠以报之。建祠始于高汝行，故由高氏世掌其事。

苗裔堂在正殿左侧，周柏荫其前。由此历磴道五十三级，至朝阳洞。左入为开源洞，有待凤轩三间，柱有联曰：桐叶自当年剪得，凤凰于何处飞来。更西升磴道十七级，折而上，复二十余级，至三台阁，及读书台。其右为朝阳阁，祀纯阳帝君。读书台为嘉靖二十七年高汝行所建，又名伴松亭。于此俯望，古树参错。昭济庙金碧峥嵘，均掩映树间。真趣亭之外，此为眺赏最佳之境矣。待凤轩、三台阁、读书台均可宿，但必自携卧具。尤以待凤轩为佳，可免磴道之跋涉也。

唐叔祠大门三间，正殿三间，庙貌尚新，但不及圣母殿之庄严，亦有像，俨然古衣冠。无锡杨模有柱联曰：吾祖我知之，慎无忘阙革载甲，密须记鼓；文皇今安在？犹想见龙兴晋水，麟斗中原。廊下有重修汾东王庙记碑，甚高，为至元丁卯所立，亦七百年矣。

关帝庙正殿三间，壁上遍画《三国志》故事图，如诛凶、初会、结义、斩程、远志等数十方，每方三四尺，各署画者姓氏，颇工整，似非百年内人手笔。后院为玉皇阁，极高，磴道二十余级，阶而升，聊可望远。墙外为恭襄公祠，祀明吏部尚书王琼，初名晋水贤祠。

唐叔祠前有屋三小间，内置唐太宗晋祠记碑，高丈许，字已不全，并不清。傅青主有记云，余少时见摹拓极精，后少模糊，有妄男子镌而深之，颇失其质。朱竹垞亦云，后益漫灭。殆不可辨。余令老道拓数份，每份银十角。然苦不可卒读，幸其旁有乾隆庚寅杨堉所购旧拓本摹钩一石，与原碑并列，并拓之。人呼此为新唐碑，但精神全失。由此观之，旧唐碑虽残缺不完，实国宝也。乡人士亟宜为龛以藏之，不然，老道藉以牟利，攀抚失检，必致断碎，可不惧哉？

文昌庙在水镜台之右。松水亭在清华堂之前。栖云楼后面隙地有大树根一，围可五人抱，去年夏被雷火，尽焚其内，徒留外皮作圆圈形，但旁出新干，绿叶参参，高亦丈许矣。老道为言，此为唐槐，惟县志不载。余向于泰山见唐槐，甚郁茂，今又见此，树亦有幸不幸哉？新枝旁苗，喜其复生，而植根不固，不其殆而？由晋祠侧门出不半里，至奉圣寺。南唐武德五年鄂国公尉迟恭礼释满公，捐别墅倡建，迭毁于火。明洪武二十四年重修，内刻唐李德裕为张宏靖祭叔虞文。前院有盘龙松，蔽荫满院，姿态清奇。旁院有舍利生生塔，隋开皇年创建，清乾隆十三年重建，院壁镌杨二酉记甚佳，塔院有晋祠镇国民小学校义务学校一所。

余等于午后一时半始至，即分择三台阁、读书台、待凤轩三处为宿所，饥肠辘辘，出馒首啖之。既而老道煮粥一盂，气香而味腴，乃置室之中央，十余人围绕同食，碗箸迭响，匙碟并用，一种愉快之态，笔不能述。郑君心南谓此共和精神也，邓君芝园乃摄影以志之。餐毕，同游全祠。日入而返，连床并枕，笑语杂作。余与湖南何君迥程、方君小川同榻，夜不成寐，但闻狂风怒吼，窗纸瑟瑟作声。

二十日晨起，同游诸君分乘骡车先归省城，余偕瞿君由老道引之登山。诸峰童然，绝无蹊径，攀阶以上，皮履着石而滑，屡倾仆，老道挽之。山巅旧有望川亭，已圮，傅青主题"望川遗迹"四字于石。更上欢喜岭、结绌山，皆有傅氏题字。踞石梢憩，昂头四望，既无亭榭，且乏林木，但闻净淙之声，自远入耳，殆晋源之泉，发于山而注于地也。老道指前面一峰曰，此为方山。余以时促，不复前进。十时下山，乘骡车回。抵桥头街商务印书馆，已三时矣。山西省城，除文瀛湖外，无可游览。晋祠相距不远，苟能修治大道，驶行汽车或马车，禁止旧式骡车，则此有历史地理关系之晋祠，实阳曲、太原两县人民绝好之公园也。

同游者，直隶陈宝泉筱庄，福建邓萃英芝园，林炯颖丞，郑贞文心南，浙江经亨颐子渊，计宗型仰先，湖南何炳麟迥程，方克刚小川，甘肃水梓楚琴，裴正端士亭，江苏陈懋治颂平，沈恩孚信卿，瞿锡庆。不期而遇者，奉天李树滋铁珊，吴景福介忱，李端葆平，敦亨文质良，及余凡十八人。

天龙山游记

李庆芳[1]

天龙山,以北齐造像名于世,与北魏云冈造像,为山西二大名胜。惟云冈石质粗松,远不如天龙石质之坚细,故天龙石像之雕刻,尤为工学界所称。余连日读《太原县志》,及刘大鹏先生所著《柳子峪志》,于天龙旧迹,仰慕实深,虽在盛夏多雨,有山洪暴发之危,亦不顾及。称天龙者,或云:系取释经"天龙八部"之意。

余登山之日,为民国廿五年七月十七——初伏日,友人刘伯祯、杨黄卿诸君偕行。余来住晋祠三台阁,已一星期,询之土人,由晋祠往天龙,在春冬两季,可用骡

---

[1] 李庆芳(1877—1940),字枫圃,山西襄垣人。早年在日本庆应大学留学。回国后历任山西咨议局参议员、山西潞安府参议会议长、参议院秘书厅厅长等职。曾主办《民宪日报》、《宪法新闻》、《新晨报》。曾在北平组织听涛诗社,自任社长。抗战爆发后返乡避难,患病去世。著有《访晋水古迹纪略》、《枫圃诗集》。本文原载《旅行杂志》1937年第10卷第9号。

马车行,入夏则以骑驴为便。因山路为水所冲,车不能行,余等乃雇驴三头,每头一元,早六时启行,约六里许,抵牛家口村。又里余,经白云洞庙外,西行不远,沟南半坡,有三四人家之村,曰第三合。传言此村即柳盗跖与追军第三合战处也。经小龙桥西行,即下舍村,村南对面为柏树坡。自牛家口至坡,约三四里,沿路溪水潺湲,近来复多雨,水挟泥沙而成红色,其曲折山谷间,颇类西湖之"九溪十八涧"。自柏树坡西行,左为数十丈之深沟,右为大山,跈跈难行。沟中多有造矾厂及煤窑,西行数里,抵窑头,此为入天龙之正道。若春冬乘车,须于此下车,步行或骑驴上山,窑头距寺约五里,崎岖巇嵲,骑驴亦不便行。行约三里许,见有观音塔,建于危崖之巅,崛然特起,上干云霄,形似葫芦,中空而外圆,下丰而上锐,高约五六丈,其下围约七八丈。闻此塔建于清乾隆时,塔南辟一门,门外设磴十余级,蹑蹬而升,有菩萨与十八罗汉像,金碧辉煌,但余等未及登塔也。夹路松柏茂密,异香扑鼻,又行里许,抵圣寿寺。寺门外有"天龙圣寿禅林"六字扁额一方,寺门对面之南山,为一金字塔形,满山绿树,如一块碧玻璃。较北平西山之潭柘与戒坛诸山,有过之无不及也。寺门外有马尾松一株,蟠蟠曲曲,作一盖形,偶忆明十三陵,成祖陵庙前,有古松一株,状颇类此,皆数百年前物也。

入寺院,有僧名正光,法号仁民,原籍潞城县人,延余等入禅房,少息,时已九时许。由晋祠到寺只二十里,费时约三点半之久,山行迟缓,汗流浃背,但亦不觉其苦也。

寺内有泉,味极甘美,寺僧以熟杏饷余等,意甚殷殷。十时后,寺僧偕余等出庙,登山参观石室,即所谓北齐皇建时造,上洞二十四龛是也。雨后冲激,几于无路可通,遥望重檐阁,俗称漫山阁,高入云际,为天龙第一胜境,悬于数十丈危崖之巅,颇类恒山之悬空寺。斯阁与圣寿寺,均创建于北齐孝昭帝高演皇建元年。阁凡两层,下层立佛一尊,高可逾丈,左为文殊骑象,右为普贤骑狮,石像均已无头。上层为二丈余之坐佛,依山刻像,山中以此佛身为最大,故亦名大佛阁,惟阁顶倾圮,檐椽屋瓦,枒槎欲坠。余等均有怖心,忽有一动物,从檐外来,非猫,非犬,头尾身杂黄黑色。寺僧告余曰:此石虎也。食猫,食鸡,及鸦鸽类,为寺旁害,惟飞攀狡捷,捕捉

图 20 天龙山重檐阁大佛
（摄于 1936 年）

图21 天龙山第十四窟菩萨像
（摄于1937年）

不易。余生平见石虎，此为第一次，心颇异之。

阁之东西殿际，分刻石室，室大小不一。余探五六处，室或方丈余，或深仅数尺，有石像七八尊者，或三四尊者，皆无头。据僧云，在民国初元虽不全，至十七八年始为劣僧尽行盗卖。余见日本奈良博物馆，陈列佛头甚多，想购自天龙者，亦不在少。洞之上，刻有层云形，有飞童，均被打毁。千余年古物，毁于近数年，可恨！可惜！今禅房悬有石佛全身拓片数幅，真成孤本。殿间有碑痕数处，石多不存。县志载隋开皇四年，有《石室铭》，余见一碑，字多漫漶，惟中段有数百字可辨，书法遒古，或即隋碑，世间尚无拓本。

石室在上层者，非搭梯架，不能探视，惜未及入也。由阁东再上，有冯玉祥书，刻于殿间。此外古今人留题不少。再东数步，为白龙祠，祀龙神，木像尚完整，农民祷雨之所。祠西侧有龙洞，亦名白龙池，水深丈许，不见天日。天龙八景，有"龙池灵泽"，即此水也。祠之上为玉皇洞，就峰甃洞，高可三四丈。石室之下，有秋田一片，可十余亩。寺僧告余曰，此东魏大丞相高欢避暑旧址也。禾黍油油，片瓦无存矣。惟避暑宫有三，一为刘智远，一为刘继恩。据明碑所载，北齐神武帝高欢避暑宫，当在南山松柏间，寺僧所指，是否即高欢避暑处？待考。

下山返寺，已逾正午，午餐后，参观前殿，有十二药叉塑像，高丈余，状颇奇伟。再后为大雄宝殿，殿中画壁极古雅精致，未暇详考为何代物，绘各色人众以数千计，神采奕奕，洵至宝也。中有铜佛一，系北汉千佛楼中故物。寺僧因楼圮，以数十人之力移此，古色斑斓可爱。明本藏经两橱，已残缺不全。北汉千佛楼碑记，系仆射李恽所作，尚峙院中。余得一拓片，词颇冗长，系广运二年，北汉英武皇帝刘继元，命嬖臣范超创建。

据《柳子峪志》载："千佛洞，亦名下洞，在寺南临涧之西崖，深可二丈，广可五丈，中凿佛像甚多。又有碾磨，资以避兵，甚为险绝……"惟洞口虽存，半已澌灭，寺后原有北汉刘氏园陵，今惟有石亭，半亦埋没。寺之东南山上，有一巨石，石高可数丈，中有石穴，深数尺，传为柳盗跖插旗故址。石之西有跑马坪，及饮马池，北有跑马场，周约十里，至今仍一片平坦，不生树木，惜余等未能亲访为憾。天龙风景，详见天龙八景诗，为明神宗万

图22 天龙山大雄宝殿
(摄于1936年)

历丁未岁三十五年,立秋日,晋藩靖安王胤龙,题诗为七绝,行书横匾,现在圣寿寺禅院正亭檐下悬挂,赖僧保存,迄今三百余年,可谓耐久矣!录如左:

重山环秀

梵宫形胜四山围,崒嵂龙蟠势自巍。尘外诸天如隔世,菲菲丛翠傍人衣。

层阁停云

高阁凌虚拥碧云,烟林万壑望中分。乘风直上三千界,长啸犹夷帝阙闻。

龙潭灵泽

潭水长阴隐蛰龙,为霖赫赫悯三农。灵源远注金枢穴,石窦谁穿第一峰。

虬柏蟠空

老干孤标香叶浓,阴森盘踞绿蒙茸。天功蜿蜒多神异,云雨空山丛化龙。

鼎峰独峙

香炉峰峙万山高,梵宇嵯峨远世嚣。月满中天诸品净,胜游不厌醉同袍。

石洞栈道

绝壁才通一线悬,俯看蛟穴鼓重渊。断碑剥落岩前石,古洞云深不记年。

高欢暑宫

避暑台高五月寒,至今指点说高欢。北齐霸业空陈迹,惟有山头旧月圆。

柳跖旗石

巃嵷高石登鬼崔,畴昔曾悬盗跖旗。草莽千春遗恶迹,能无远愧岘山碑。

寺中有粉红牡丹一株,高可数尺,当为百年前古物,又有龙泉釉香炉一对,碧色醇古,极为矜贵。余等出寺已五时,夹道松柏,以白皮松、马尾松为多。有马茹茹丛生多刺,绿叶红实,如珊瑚珠,食之味甘。山中泉水数处,细流作响。归晋祠已八时许,仍宿三台阁。略记如此,以饷后之游者。附近作游诗四首于左:

过天龙山北汉刘氏继元园陵故址有感

刘氏偏安犹有子,为绵血食守孤城。(刘钧贻书宋太祖云,惧刘氏不血食也。)天龙留得园陵在,松柏能传饮恨声。

六龙两代驾亲征,百战犹难下一城。太息汉宫成麦陇,参星莫向晋阳横。(志称周世宗,宋太祖,皆亲征北汉,百战而不克,太宗时以晋阳参井分野,参为归德商星之敌。城既下,决汾纵火,平毁晋阳。始以唐明镇为太原郡治,即今阳曲。)

民七秋,会寓晋祠三台阁逾旬,留题"洗耳洞"三字于泉畔,忽忽十九载,今夏重宿阁上,赤氛甫平,乡山无恙,感慨系之。

一别仙台十九秋,重来洗耳雪盈头。苹流碧玉清犹昔,(水草名长生苹)柏偃青山趣更幽。唐代英雄埋处近,晋阳禾黍望中收。心飞故国知何处,不见汾边太白楼。(李白《太原早秋》诗:心飞故国楼。)

崔巍一阁插云中,独倚危栏万虑空。把酒好邀岩际月,开屏低引树梢风。参差涧藻为谁绿,远近山丹犹自红。昨日天龙寻古道,寒云高卧北齐宫。

太原通讯

坎 侯①

黄河的沙及其他

......

七月一日,搭正太铁路车到太原。到太原去的客人,在石家庄是非过夜不可的。正太路是一条很特别的国有铁路,它不能和别的铁路联运,这其间有物质上的理由,就是轨道比较狭小,也有人事上的理由,就是山西的闭关政策。不能联运的结果,当然是便宜了客栈,吃亏了客人。每天正太客车只开快慢各一班,都在上午,

---

① 坎侯即潘光旦(1899—1967),江苏宝山人。著有《优生学》、《人文生物学论丛》、《中国之家庭问题》等,译有霭理士《性心理学》等。本文原载《华年》1934年第3卷第31—34期,原题为《豫晋行程》,共六段,本文选录其第三至六段。

过此,不客气,就得请你在石家庄屈留一夜。不走正太路,插了翅,你也过不了娘子关。

我是第一次到山西,第一次走正太路。这路却真不错。上文说它不和别的铁路联运,虽欠圆通,却也有方便处。车辆的干净划一,工程的整齐坚固,运输的恪守时刻,虽有二十多年的历史,却还是新簇簇的——推原其故,又何尝不是因为上文所说的两个理由呢?中国的事情真难说,我们谁都盼望把全国的事打一笔统账来干,像别的国家一样,但总账打好后的好处不容易见,而打不好的坏处却时常可以发生。于是便有人以为与其打不好而得到更大的坏处,还不如暂时不打而安心守着一些原有的小的好处。二十年来山西省的政治,似乎是根据着这条原则做的。就正太路的管理一端而论,我们不能不承认会有相当的成功的。

沿路的风景也好。山西是一个多山的省区,甚至于可以说全部是山。即在汾河流域里最低的地段,离海面也必在二百公尺以上,其他地面,则十之七八在一千公尺以上。车行过河北的获鹿县以后,便到达太行山的山麓,过井陉县,便进娘子关而入山西省境。

过关后第一个大站是阳泉,是平定煤产所由运出的总枢纽。听说煤在平定本地只卖一块多钱一吨,到太原卖四五元,到北平便须十三四元,相差如是之大,真是骇人听闻;这其间显而易见除了火车上下的水脚以外,又大有上下其手的人事在内,但是消费的人却苦了。到寿阳,山势最高。车行山岭间,纡回曲折,时而绕过岭头,时而穿过山洞,时而入两山的夹道,时而傍溪涧的边沿。有过前一天平汉路上的旅行经验以后,觉得这一天的真不平凡,真能引人入胜。车到榆次,才终于算下了坡,过此直趋太原,便全都是平地了。在车上遇见一位姓林的本路段长,知道全线共有二十五六个山洞,又有大小桥梁一千七八百座,即此一端.也可以见得此路工程的伟大了。沿路还有一点值得注意的,就是黄土层的普遍与深厚,有时候火车所穿过的实在不是山,而是很高大的黄土堆。

当日下午四点多钟便到了太原。先投山西饭店,随后太原青年会的总干事来,邀我到会中居住。

图 23 娘子关
(摄于 1936 年)

图24 正太铁路寿阳车站全景
(刊于《交通杂志》1936年第4卷第8期)

从太原到太谷

到了太原,还不能算到了我的目的地,我的目的地是太谷。所以身心两方都还不能十分安顿下来。同时因为只有一宿的耽搁,又不能多玩。在青年会把住处确定以后,和两位干事先生谈了一会话,在积极方面,算是打听一些本省最近的情形,好拿来做通信的材料,在消极方面,也有一些入国问禁的意味。记得在正太路上,从石家庄上车以后,就有过三次穿军装的人上来问尊姓大名、到省作何贵干,所以知道这边的政治是很有统制的力量的。但统制到什么程度,却不知道,所以不得不向本地人求教了。在晚饭以前,又到市街上绕了一周,到山西书局买了一种《山西沿革图考》。山西书局是一个官书局,但书不多,翻看它的书目,十分之七八是江浙一带三十年前所通行的书,现在却已经是古董了。小时候读过的一种地理歌诀,叫做《地球韵言》,居然在这里还可以找到,并且还有不少的存货。傅兰雅、林乐知一班人译的木板的科学书籍,当然也不在少数,但买的人多不多，却是一个问题了。那部《沿革图考》原是《山西通志》的最前头的四本，刻得很细，前两本完全是图，讲沿革的许多图全都用套版印出，极其明晰，旧式的方志有此种成绩，也是不容易了。

七月二日，坐公共汽车到太谷。太谷离太原一百三十里，汽车要走两点多钟。路并不很好，搭客也非常拥挤，因为这原是纵贯南半省的一条大道，由此可以直达西南角上的解州，所以搭客是不会少的。沿路有一种有趣的现象值得在这里一提。公路从太原南关出发，最初有一大段是和一条铁路并行的。这就是同蒲铁路了。它是一条轻便铁路，近来工程进行得不慢，从太原向南到介休一段，最近已告完工，虽还没有正式通车，通车的典礼却已经行过，就是我到太谷的前一天。我因为在开封多耽搁了一天，否则便可以赶上这第一次的通车，十年八年之后，也可以向人说句老话，同蒲路的处女车，我还坐过的咧！本来约定同行的一位江先生，却真坐着了，他在开封并没有停顿。不过听说那天从太原到太谷足足走了六个钟头，没有车站，所以不卖票；没有客车，所以没有座位，似乎连篷子都没有，所以受了六个钟头的罪。这种轻便铁路，看来轻则轻矣，便还有待。

公共汽车走了一阵，似乎便和同蒲铁路越离越远，终于望不见了。但不知怎的，公路的附近，又来了一条铁路似的东西，其路基，所谓土方也者，也筑得很整齐，将到太谷附近，又有很好的车站似的建筑，有月台，有票房，票房外面还有邮政信箱，却独独没有铁轨！汽车到了太谷，我们又坐了一节人力车，那人力车就在路基上拉了一大段！这真奇了。同蒲路不是已经一直可以开到介休了么？何以这一段连轨道都没有？人家告诉我同蒲路没有车站，这里不是一个很整齐的车站么？中国的事真有出人意料之外的。原来这是另一条铁路，叫同成铁路，起点和同蒲路相同，都是大同，而终点则比同蒲路要远，就是四川的成都。从大同到潼关的一大段，这两条路不但并行，并且是完全重复的。同成路一向是国有，路基和车站等在民国初年便已经建筑好了一部分，后来便停顿了。同蒲路最初是山西商办，动议得也很早，民国二年，由省办议决改为公有，民三又让归国有，由交通部接收。当初接收的理由，大概为的是要免去叠床架屋的弊病。但近年以来，不知如何省方又忽然把同蒲路的建筑自己担任了下来,并且进行得很积极。所以有这一番转变的理由,我们在局外猜测,大约不外两点:一是中央政府没有钱完成同成路,耽误得太久了;二是省政和国政,历年以来,也有许多貌合神离的地方,谈不上多大的合作。省方到不能再等待的时候,乃毅然重提旧事,把同蒲路自动的兴筑起来。这其间当然多少还有一些争气的意味。有趣的是,在中央的同成路方面,最近似乎把以前建筑的路基和车站,加过一番整顿,所以看去像是新造的一般。但这一些委曲,住太谷一带的老百姓们又怎会知道,他们只觉得太谷真阔,西关外有条铁路,东关外又有一条铁路,一条是有车无站,一条有站无车!

我到太谷的任务,和到开封一样,是参加山西省的学生夏令会。夏令会的地点在铭贤学校。铭贤学校是山西第一个规模完全的中学,从幼稚园起,到高中止,应有尽有,最近且有添设大学的动议,但大概不会成事实,实际上也无此必要。它也很注重职业教育,所以有工场,有农场,规模都很大,我们在那里睡的铁床和床上的草垫子,都是学生自己做的,并不仰给于外。它也已经

图 25 太谷城大街
（摄于 1947 年）

图 26　铭贤学校图书馆新闻阅览室
　　　　（摄于 1936 年）

有二十多年的历史,原是一个教会办的学校,和美国的欧伯林大学(Oberlin College)有些渊源,所以它在美国,也有"欧伯林分校"的称呼。它的发展和孔庸之先生有很密切的关系。校长便是孔先生,但下半年起改由梅贻宝先生担任。

夏令会的会期是七月一日晚上到七月八日。我是二日晨到的,七日中午告别的。在这六天之间,有过三次比较正式的演讲,参加过七八次的讨论会,会余饭后,还有一部分的与会代表作过一些个人的谈话。演讲、讨论、谈话的资料总不脱思想、社会问题、青年生活等三四个题目的范围。参加的学校除铭贤以外,有省城的山西大学、法学院、教育学院、商业专校、新民中学;女学校则有毓德妇校和汾阳的铭义中学;代表虽以太原、太谷为多,但也有来自极北的大同的,也有来自极西南的永济的,一起也有六七十人。山西的青年,在思想上虽没有在北平、上海、广州一带的活跃,但其中很成熟的也还不少;有的怕是太成熟了些,已经快到了一个不发生问题的阶段。山西是一向以早婚著名的省区,在中学时代已经成婚的,为数便已不少;这一点和他们成熟之早,当然不会没有关系。我们讨论会中最有生气的时候,也就是讨论到早婚问题的时候。山西青年的思想并不急进,在别处时常听到的那一套社会革命的口头禅语,在这里是不大听见的。这一半大概是由于当局统制的力量,一半也许根本因为山西的青年比较成熟、稳定,他们的思想行事虽不很活泼,却也不浮躁。这当然是就一般的情形而论,其中行为很敏捷,观察力很周到细密,而对于社会与国家的问题亟切想找一些解答的分子,也自大有人在。

凤凰山镇压下的太谷

在太谷的五天半功夫,倒也不完全花在铭贤学校里和夏令会的身上。"溜得溜得"的机会尽有。铭贤学校自己的环境里,便有可以留连的地方。铭贤目前的校址,一半是从前的孟家花园,一切的建筑和布置,至今还维持旧观。花园虽不大,但它所能引起的感慨却不小。在以前,北方的金融的重心是山西,而山西金融的重心便是太谷;太谷是票号的大本营,山西人在陇泰豫陕、在东三省、在内外蒙古所赚来的钱都向太谷像水一般的灌,把太谷灌成一个锦绣万花之谷(原是一种书名,兹向原作者告罪借用一下)。这孟家花园的主人似乎就是一家票号的老板,这家票号,在一百年前,是很了不得的,在五十年前,也还可以维持,到三十年以前,却已经是不得了了。这座花园里的中心建筑原是孟家的祠堂,中间安放祖宗牌的地方真是雕刻得非常华丽,现在却已经稍稍拆卸改装,变做一座讲台;有一天早上我还在那台上讲了一次家庭问题,我的背正靠着以前的神龛的所在,而我所讲的不免又是"积德垂裕""追远扬名"的那么一套!

据当地的人说,票号的所以失败,有外缘,亦有内因。外缘是银行的发达。当初大清银行在山西创设分行的时候,曾经邀请各大票号加入,各大票号却不理会;在那时候,因为时势的推移,生意已经很坏,但它们还是愿意坐守老营盘,死用老法子,一点儿也不想改变,结果,自然是一个自摧上殿!内因是子弟的不争气。听说票号人家的子弟最好是坐享,唯恐他们不肯坐享,所以很早便使他们抽上大烟,使他们进一步的"卧享"。所谓

"欲得其中，必求乎上"的道理，票号人家的父兄是极明白的。在票号全盛的时期里，坐享就等于守成，自然不能说全无用处，但可惜全盛的时期是有限制的，而坐享的能力却是无限制的，结果，票号已经倒闭光了，坐享的人数却有加无减，到现在有许多人家已经坐享到的窗，坐享到砖瓦，像孟家那样的花园变做校园、享堂变做讲堂的，已经要算是消化力薄弱的了。目前在这坐享的过程里，唯一的合乎经济原则的进步，是黑的雅片烟已经换了白的海洛因！

因为知道了些太谷已往的繁华，我和另外两位所谓夏令会的领袖便在五号下午进城逛了一次。我不久以前到过扬州，想起今昔相比，扬州和太谷也许有些相像的地方，所以这进城的一举便觉得更不可少了。进城以后的第一个印象并不坏，街道虽不很整齐，街面上的房子却都很讲究，还保全着几分票号全盛时代的气象。太谷的房子，不但造得坚实，并且大门口总有一些镂空和涂颜色的结构。这些，至少在沿街的建筑上，确乎是不像有过什么变迁。内容却不尽然了。一路店铺很多，并且铺面都很阔大，但生意却清淡。最多的铺子似乎是有三种,一是古董铺,二是茶叶铺,三是药材铺;古董铺代表以前的阔绰,茶叶铺代表以前的闲暇,药材铺代表以前的"财多身弱"!古董铺一起总有十多家,我们一个一个都进去了,这并不表示我们的阔绰,不过表示我们的妄生希冀,想沾一点以前别人家的阔绰的余润罢了。听说票号人家的古董现在都出来了,真是便宜得了不得,谁不想拓便宜货呢?结果,最阔绰的我花了不到两块钱,买了两三件小玩意儿,其中有一串古钱,还有一些价值,却是路上摊子上的东西,并不是古董店里的,其余只好算是不虚此行的一些标识罢了。其他两位,今秋都要到美国去,所以就挑了一些镂空的玉的小件,好到那里送人。

在古董店里进出以后,你就完全明白,太谷是一个破落的城池,是全中国的一个缩影,它以前的繁华已经分化为一些零星的玉器,一些破碎的古玩,只合向外边比较不破落的地方散布出去。在这一点上,太谷是无疑的很像扬州。但扬州的绿杨城郭,在这里是连梦境里也不会有的。扬州破落之余,至今还流传着种种教身体舒服的艺术,这些在太谷似乎也谈不到。我们在会里吃了好几天的醋拌面,想到这里来换换口味,结果却是一大失望,醋算是不用了,但见了那菜,胃口也就降到了零度。我们到的那一家菜馆里,有女招待,倒是一种意料之外的新兴的局面!

七月四日那天,我们到凤凰山去了一荡。凤凰山在太谷的北乡,离城有三四十里。平常总得步行,我们那天却是坐了蓝呢大轿去的。那轿子真大,制造得也很讲究,显而易见又是票号文明的一种产物,听说在以前虽是常用之物,现在却只有做媒的人才有偶尔一坐的权利。我们像在太谷城里买古董一样,算又沾了一些以前别人家的阔绰的余润了!但我们这次,到也并不是毫无名义的。我们到凤凰山,不是去逛,而是赴两个夏令营,一个是少年夏令营,在龙泉寺,一个是少女夏令营,地点是迤西七八里的另一座大庙,本地人叫做"神头"。坐了蓝呢大轿,先奔少年营,后奔少女营,在两次所谈的又是一些青年生活的问题,在少年营里我的专题又是"性的卫生"——这其间不也多少有一些做媒人的意味么?所以我对同行的那位江先生说,我们这次也能说完全是无功受禄。龙泉寺和"神头"都有泉水,很清洌,在干旱的平地上住了好几天以后,得此也真是一件称心乐事。在龙泉寺的少年营里,遇见一位在山西专做拒毒工作的刘先生,从他那里知道了一些山西最近在这一方面的状况。海洛因,本地人叫做"料面",确乎是很普遍,但省府的查禁,也很严厉,不久以前还枪毙了一向在孙殿英手下当师长的一个姓金的"料犯",一时舆论为之大快。同时政府方面也出卖一种用雅片做的"戒烟药饼",对于这一层,许多人很不满意,以为实在等于鸦片公卖。

凤凰山并不很高,但在本地人心目中,它是非同小可的。他们说,这是一座镇风水的山,在以前钟灵毓秀的时代,可以出天子,现在至少也出了一位孔庸之先生。这见地不错,我希望任何地方的民众,对于本地的山川风土人物,都有这种爱护的看法,稍微带一点迷信,也不妨事;但太谷的民众把以前票号时代的许多领袖人物给忘记了,难道凤凰山的良好的风水,对他们没有影响么?但说也奇怪,以前的太谷虽然是一个经济的重镇,却不是一个文化的重心,文化的重心在迤西南的汾河流域。

从太谷回太原

七月七日那天,我们就向山西夏令会的一班朋友和风水极好的凤凰山告别,从太原到太谷容易,从太谷回太原却发生了困难。铁道虽有两条,我们在前两星期的通讯里说过,一条只有土方,一条还没有照常通车。汽车呢,从南边开来的都是拥挤不堪,无立足之地,所以只得另想法子。加上那几天里刚下过一次大雨,山洪照例的暴发(这在整个的北方,是夏秋雨季的例行公事,故曰照例),公路所必经的一条潇河,本来没有多大水的,现在平白地泛滥起来,即使有车可坐,怕也走不过去。幸亏六日七日两天都是晴的,水落了不少,从太原来的人都说大车因为轮大身高,已经可以过去,小车却还难说。但到了七日上午,我们费了许多力量才向太谷医院雇的车子来到以后,我们一行二人——还有一位是江先生——就毅然决然地走了。

我们一面鼓着勇气,一面却也怀着鬼胎。要是过不了潇河的话,那就得半路改坐人力车到榆次,再搭正太路至太原，那其间的麻烦，不知道要加上多少倍。到了潇河一看，情形还好，正在涉水和准备着涉水的车子很多，大的有好几辆，小的也有；尤其多的乃是一般帮同推挽的苦力。原来涉水的时候，最好是把引擎按住不动，否则水一进去，就要发生问题，所以要有人推挽。这些苦力却有趣，他们虽不是羲皇上人，至少可以教我们回想到比《诗经》更早的一个时代。《诗经》时代的人褰裳涉溱或褰裳涉洧，他们却不但无裳可褰，并且比在海滨浴场或游泳池以内的"摩登"人物以及到中国来献技的西洋歌舞团的团员，还要坦白得多。我们的车子少待以后，也就请他们如法炮制地把我们送了过来，我们把车门关得紧紧的，车夫也按兵不动，所以一滴水都没有进来。河的这边早就有另一辆小车候着摆渡。要是寻常在河边上的诗境之一是"柳边人歇待船归"，到这里便变做"柳边车歇待人归"了！人就是推挽的苦力。这辆小车里的人物，却好是一位姓孙的军官，是十多年前的老同学，是到太谷去看孔部长的。

　　我们原定的计划是，假若能过潇河，我们便先到晋祠，再回太原，否则因为时间上支配不过来，只好留待下次再到太原的时候去了。如今居然如愿以偿,我们是十一点钟光景离开太谷的,下午一点钟我们过太原南关走上到汾阳的公路,跨过汾河,一点半钟便到了晋祠。晋祠在太原城西南五十里,是省城附近的第一个名胜。它是一座规模很大的古庙,背山面水,山叫做悬瓮山,水叫做晋水,祠即因此得名。祠中的庙宇,沿着山坡建筑,正不知有多少,张庆亨和卫聚贤的两本《晋祠指南》都记载得很详细,但对于初次观光的人,来去匆匆,似乎也不能有多大帮助。相传这祠里的主庙是替周成王的兄弟唐叔虞建的,但据现在的形势看来,主庙实在是圣母庙,规模最大,地位也最居中。汽车从北边的延厘门进,过了一座小桥叫做太山桥以后,便是一片场地,可以停车。场地的中间是一只戏台,叫水镜台,台的对面,向西,又是一条石桥,叫铁汉桥。两条桥所跨的水叫海清河,就是晋水所从流出的一条小河。那水是清到十二分,水底下的碧绿的草一根一根的可以数,并且不住地在那里颤动,好像顺风招展着的头发一般,真是幽美极了。

　　桥的那边是金人台,又叫做古莲花台,上面有四尊铁像,比活人还大得一些,是镇水用的,可知以前的晋水比现在大，也许有时候会"暴发"，而成"山洪"，所以有镇压的必要，要是像现在那样幽静的一泓，就绝对用不着镇压了。我们如今望望台上的铁人，再看看桥下的一股水，真觉得有些太不配称。铁人的年代很老，有两个是宋朝的，在西南角上的一个最老，胸口还铸着一篇记，说："维大宋太原府故绵州魏城令刘植、县君张氏、男元吉、新妇谢氏、房弟延昌、侄万、孙男应乡贡进士世安、世臣、世顺、进士重孙莹，谨卜绍圣四年三月朔日，立此金神，彰阴报。一人积德于百年，后裔承恩用于四世。常修祖业，望盛昌于无穷；献尔丹诚，庶永期于不朽。外甥乡贡进士张鉴记。"我为什么把这篇记抄下来呢？铁人的用处虽在镇水，但捐铸的人的目的却在彰显祖宗积德之报，足见中国人的宗教信仰，无往而不以家族血统的维持做一个归宿！

金人台后，过了一座牌坊，一所献殿，又一座十字形的桥梁，便是圣母殿了。圣母究竟是谁，有两说，一说是唐叔的母亲邑姜，一说是晋水的女神，所以以前也叫做"晋源神祠"，到了明朝，才另外造了一座水母祠，于是邑姜的地位乃确定。从圣母殿朝北，循了石级向西向上走去，便是一些零星的小庙，没有什么可逛，不过石级下面的一棵柏树却古怪得有趣，相传是周柏，但据卫聚贤氏的考证，也许是六朝柏。随后我们就出去喝茶吃饭，茶叶是我随身带的，水当然是晋水的了，味道之好，不减于虎跑。饭后由当地志勤图书馆的聂先生等领导着回到祠中，在白鹤亭上坐了一会，买了两三种碑帖，其中最重要的当然是唐太宗写的那本《晋祠之铭》。我们离开晋祠，已经快四点钟。

在太原又耽搁了一夜。在太阳落山以前，我们又到市上去逛了一次。在靴巷的书业城买了几种书，其中最有价值的要算抄本的《寿阳祁氏家谱》。又到了剪子巷，但没有什么书可买；以前出名的"并州剪"，现在连影子也看不见。又驱车到一处名四道巷，是太原娼妓的隔离区域。太原采用欧洲大陆的隔离与检验制，到今已逾十年；当它初创的那年我记得还写过一篇反对的文章，始终没有发表，所以这次非来观光一下不可。但所见也没有什么特别，检验所是有一所的，在第四道巷里，但究属检验得多么小心，有几分卫生的效用，就不得而知了。无论如何，就西洋的经验而论，此种制度实在是要不得的。

　　山西的任务完毕以后,我还要到荡北平。原定由同太公路打大同走,可以看看云冈的石佛,所以八号起了一个大早,到北关赶汽车,不想前几天的大雨,把有一条桥冲毁了,于是只好退回,改搭午刻的正太车,由原路出山西省境。频行以前,又到民众教育馆参观了一下,望了一望不久以前在万泉出土的陶器。馆址本来是孔庙,又正在整理中,所以这些陶器暂时堆在两庑之下,完整的几乎没有,但想起它们的年代,已经是弥足贵重了。

　　此行一路受了许多人的照拂和招待,尤其是开封和太原两处的青年会里的中西同工。这是我很感激的。

第四辑 晋南行旅

晋南旅行记

张珪权①

余蓄志作散漫游者已久。今岁孟春，奉部长命，赴晋南调查军民一般态度，即从北京首途。于二月二十八号上午十一点三十分，乘京汉火车赴石家庄，下午五点三十分到，寓永成店，饭食甚劣。本日火车将至石家庄，因汽管稍损裂，故到站略迟。到后，在东站台下车，至西站台，始有脚夫搬运。店伙均不令上站台接客，以致到站殊为困难。过铁道线外，始有店房接客者。经正太铁路站房，及前第六镇统制吴公绶卿之墓，铁栏墙内，纪念塔岿然峙立，令人见之肃然起敬。过大石桥，始至店内。

---

① 张珪权(1882—?)，字希同，河北沧州人。早年毕业于保定陆军速成学堂。后历任直隶近畿督练公所教练处委员、北洋陆军常备军第五镇副官、北京政府陆军第五师司令部参谋官、山西晋南镇守使署参谋、山西陆军第二混成旅司令部副官等职。本文原载姚祝萱编《新游记汇刊续编》(1923年中华书局版)。

赴太原之火车，亦由此桥下经过。石家庄街道，灰尘满目，至巷内之污秽，与卫生尤不相宜。

二月二十九号凌晨七点四十分，由石家庄开车赴晋省，至下午四点四十二分，已抵太原府车站。及城门，巡警宪兵，稽查甚严。石家庄正太铁路车站，秩序紊乱。火车及车头较他路为甚小，幸车尚完好，不致过冷。石家庄距太原二百四十三法里。过获鹿县，至南河头，为井陉地方。俗云棉水井山，即此地也。棉水为棉河之水，发源于娘子关，居民藉此水以磨麦粉者甚多。井陉有一恒昌煤矿公司，产煤极富，惜为德人包办专利。此地土产，出水缸及粗瓷饭碗等物。车入井陉之山，至娘子关，绿水白波，两岸陡壁，如送如迎，颇极愉快。阳泉系平定州界，有保晋煤矿公司，为晋省绅商保持本省权利，招股创办，已有十余年，尚未获利。平定州铁矿极富，居民多用土法开采。由石家庄至太原，平地不过十分之二，余均山道，火车随山道盘旋而行，山洞有二十余个。寿阳县界，山势渐高，较他处亦渐冷，沿路下车者寥寥。至榆次县站，下车者十居七八。盖晋商回晋南者，均自此下车。榆次土产出葡萄酒，以白色为佳。将至太

图27 太原城鸟瞰
（摄于1937年）

图 28　太原火车站
(原载《进步》1915 年第 8 卷第 4 期)

原城南,有新盖新军营盘楼房一所,尚未竣工。省城南门外十里许,有狄村,系唐时狄梁公之故里。有古槐一株,相传为唐时所植。到太原府,寓于新南门内岐凤栈。

三月一号,晴,在栈房休息。太原风气闭塞,铜元尚不能用。市面通融者,为现银、洋元、制钱三项。因晋商专尚现款,不尚纸帖。京中谓晋票店殷实可靠者,即因于此。

三月二号,晴,风。午后发晋字第一号报告。此地较北京为冷,终日灰尘蔽空,有风时多,出者恒为眯目。市面虽有数家洋货店,亦无大生意。有中和市场、共和市场、大中市,商业均不甚发达。惟大中市房屋空间者尤多,此足见晋人徒知生聚财产,而不妄费之情形也。

三月三号,晴,风。太原城分八门,惟小东门、小西门不开,不知何故?火车站在新南门外。汾河在西门外。商业均在东西大街中间,东西两城内,均为空地。大北门外上关,略有生意数家。将军行署,在鼓楼街,系前清巡抚故署。巡按使在新南门内皇华馆故址。此地虽有劝工陈列所,内中除数种爱国布外,并无新奇物品。工业之发达与否,于此可见一般矣。

图29 文瀛湖
(原载《礼拜六》1915年第39期)

图 30 太原海子边
（摄于 1936 年）

三月四号,晴,风。午后发晋字第二号报告。新南门内,有吕祖庙,登其阁,上为小天台,全城历历在目,颇为胜境。阁下大门内东屋,有潘真人(名守器,康熙时人)遗蜕,后经好事者外敷以金。新南门内东南,有小五台庙宇一处,登至魁星阁上,东半城一览无遗,殊令人愉快。狄梁公庙,在新南门内东北,现已改为蚕桑局。其庙与崇善寺为邻,寺内有古铜狮子一对。万寿宫,相传系唐高祖起义太原时故宫遗迹。劝工陈列所东院,有警备队住焉。南有水池,名为文瀛湖,湖内有影罩亭,湖边多有荷花及草花等类,人士多纳凉于此。花墙外,南为放生池。文瀛湖,此地俗称为海子。房屋建筑,最为巩固。至所用木器,殊为笨重。土人均谓物虽笨重,实能耐久,外省物品虽好,其如不坚固何?此即所谓闭关自守之主义。中和市场后院,有极大古槐一株,约可十数抱。

三月五号,晴。新南门内,东有满城一处,系土墙。为旗人居地。东门内有警营,系土墙,分四门,内外乡村,传系古屯兵之所。大北门外,尘土没足,为赴大同、代州、宁武、朔平必由之路,道旁有傅徵君之故里碑。大南门内傅家巷,即徵君之故居(傅徵君名山,字青主)。前英国李提摩太在此地所创大学,及基督教青年会、山西医院,均在新南门内。此地妓馆戏园,虽有若无,均不发达。因晋人专事生聚,不作无益之费故也。

三月六号,晴。午后发晋字第三号报告。报馆只有《晋阳日报》一处,于地方利弊,政治得失,概不许登载。每日一张,不过略载他报闲文而已。东门内有农业学校,内有花木极多。太原府首县为阳曲,其县署设于大西门内。冀宁道尹署,在将军行署东。财政厅在将军署西,系旧太原府署。高等审判厅,设于前按察使署内。此地建筑,殊为便宜,每间房屋,不过数十元。因砖石木料,均较东方省俭故也。此地烟煤,每斤制钱一文。石炭每斤制钱二文。木炭每斤十文。因煤炭价廉,故野柴弃之于地,无人过问。

三月七号,晴。早七点。由省垣岐凤栈动身,出大南门,此为赴南数省来往必由之路。行十数里,过汾河,面积颇宽,两岸尘沙石块,塞满道路,行进殊为困难。汾河发源于宁武一带之山,因天气寒冷,冰尚未解。闻寻常水不甚深,惟至夏间,水势极大。午后一点,至晋祠午尖。晋祠系太原县属境,山旁庙宇极多,泉水清幽。庙门匾书"三晋名泉"。名人碑志甚多,无人拓卖,未免可惜。太原县人物,唐有王维、王缙(维弟)。晋祠土产,出稻米、石灰、白矾、煤炭、草纸。过晋祠二里外,有高村,亦为大村。晚宿清源镇,系徐沟县属地,离县治十五里,原为县治,去岁始并归徐沟,街道长约有二里。设有县佐一员,巡警数十名。清源地势和暖,土产稻米、果品(按清源现仍改县)。

三月八号,晴。早六点半,由清源动身,经十数里,道路平坦,惟天气严寒,砭人肌肤,殊不可耐。沿途惟羊枣树甚多。午前十一点,至交城县南关打尖。生意均在东关,离北门外约三里。有山名卦山,庙宇树木极多,山景清幽,顶上有泉。每年阴历四月二十四日有会,土人烧香者颇为热闹。与五台山同一山脉。此地所熟羊皮最好,因凡陕省北路皮货来晋省者,须先运至交城熟好,再运往他处发卖。午后一点,由交城起程,经二十里至南栅栏,地方和暖,麦苗返青,道旁树木极多。西山之泉,流于交城南者,为交城沟,土人多藉此水,以灌溉田地,下流入汾河。有一紫花山,上有一铁镢,粗可合把,相传禹王未治水前,此山至宝坠山之巅。均为船行之路,铁镢即系缆船之地。在上古时,由太原府至灵石县,为晋阳湖,经禹王治水,在灵石山间凿通水道,往下疏通,始为陆地。午后六点,至文水县,城门以大石块堵其两旁,交通困难,至街道污秽,亦无人过问。出城数里,道路崎岖。

三月九号,晴。早七点,由文水起程,沿途道路平坦。午后一点到汾州府,寓于东关旭升店。离城东三十里,有村名杏花村,汾酒出名,以彼处所酿者为佳。汾州(即汾阳县)城西数十里,有泉名马跑泉。城西十里,有裕道河,有水磨九十余盘。土产甘草、酒、果品;人物有古轩辕黄帝及宋狄青(城西门内有狄武襄庙)、唐诗家宋之问。郭子仪曾封王于此地。屈产之乘,即汾州府石楼县。

三月十号,晴。发晋字第四号报告。昨至县署,见乡民完粮,拥挤异常。有带锁者二人,在署前示众。县知事为催逼乡民地丁邀功起见,虽人民至如何为难,亦决不顾惜。查凡各县上忙,照例于四月间方能开征。今该县在三月初,如此逼迫,想系该县知事有调动之信耳。

此地人民,性情卑吝,爱贪便宜,对于旅客住店,均不以诚实相待。房屋最好,无论贫富,均是瓦房。在店寓居,每至饭时,尚须入城,走二三里路,殊为困难。甘草出此地北山,每斤价值,不过数十文。

三月十一号,晴。早八点,由汾州起程,午至孝义。城内鼓楼,工程尚好。食品之香油饼每斤二角四分,较汾州价尤昂。孝义地面,渐不如汾阳富足。晚宿义棠镇,此地系介休县属,沿途皆茫茫砂碛,风起处黑尘蔽天,日色为之昏暗,尘埃积满车中,实令人积闷。义棠系产煤之区,各处运煤之车甚多。店在山下,前有一大石桥,通过后始能至店内。今人动谓新大陆,殊不知晋省即为古大陆地也。历数十年,仍锢蔽不化,间有在山穴居者。烟煤价值低廉,野草均弃于地,沿途土民,有烧以作粪用者。义棠在兵事地理上亦为一要地。店西南山上有峰金寺,东南山顶上有三清观,每年三四月间有会,烧香者甚众。离此地东北五十里,有山为绵山,即晋时介子推烧死之地,介休县亦以此名闻,该山景物最佳(介子推系介休人)。

三月十二号,晴。由义棠至灵石,沿途左山右水,道路渐为困难。灵石县系小土围子,城门小而不能进车。地方贫苦,毫无生意土产。至此穴居者渐多。北关外吕祖祠,有一灵石,系隋开皇十年,文帝幸太原,傍汾河开道,获巨石,有文曰"大道永吉",以为瑞,遂立为县。其石似铁,颇形古怪,叩之铿铿然如金石声。

三月十三号,阴。由灵石至霍县。过灵石数里,即为韩侯岭,亦名为韩信岭,上有韩信庙,距仁义镇四十里,为南北通衢,最为险阻,可为兵事上最要地点。韩侯岭峭壁悬崖,屹立千仞,满山石块,均现于外,惜尚无人开采。由灵石至仁义镇,居民多住于山间空地,穴居者亦甚多。人民生计,更为困难。韩侯岭以南,语言如直隶保府南一带之语言,迥不似岭北之人,言语啁杂难辨也。缠足陋习,岭南人亦不如岭北之人甚。过仁义镇以下,为极大土山(此山有二百余里),行进亦难。寒风料峭,尘沙迷人。古人所谓行路难者,亦不过如是。晋省为上古发达最早之地,而今犹穴居,事事墨守旧规,专顾目前生计,无远大之眼光。当此二十世纪竞争世代,立于强权之下,欲常保如此,岂可得乎?霍县城东,有隋末时宋老生者,血战孤城,保守此地,不屈于唐,卒殉于难。

宋元祐间,有蜀人张商英为之立碑,至今尚存。周厉王出居于彘,彘即霍县地。

三月十四号,阴,雪。由霍县至洪洞,沿途仍是土山,尘沙没膝。在车上被灰尘所扬,几如黑色种人。离赵县南三十里,有豫让桥,即当年豫让刺赵襄子故地。洪洞东门外,有一石碑,上镌有"古大槐树处"。相传上古时遗有古槐一株,现今已无存。相传直隶、山东人,多由此地所迁。人物,在东门内,有名臣韩忠定故里,但不知何许时人。洪洞城外,四面水绕,夏日荷花盛开。在此僻处,亦一观也。土产莲藕大米。西门外有师旷故里,叔向赐邑。此地拉运之车,多用小车,车轮形如锅盖,外包以铁,轮系铁质。其俗多在地内存一水缸,将大粪放内,用水泡上,浇地以作肥料。亦间有家柴置于道间,轧作肥料者。本日雪花扑人,寒冷异常,殊不可耐。

三月十五号,晴。午后发晋字第五号报告。由洪洞至平阳,相离十五里,为杨曲镇,至此土山始断。杨曲村东有古皋陶墓。平阳城东,有高河镇,即古高梁城古地。城内多半为瓦砾之场,商业亦甚萧条。镇守使署前,有水池一方,名曰旱海,分浮山之水,灌入此地,城内人多

图 31 洪洞"古大槐树处"
(原载《风月画报》1936 年第 8 卷第 12 期)

图 32　尚志《游"古大槐树处"记》插图
（原载《儿童世界》1936 年第 37 卷第 10 期）

饮此水。南门内有仓颉造字处,石碑一。南门外有广成子成仙处,又为汉张敞之故里。南门外有残废之土城,内有瓦砾甚多。相传即唐尧建都故址;或云,城内为唐尧故都。二说当以下说为是。

三月十六号,晴。午后发晋字第六号报告。游城西南隅大云寺,俗名铁佛寺,创自唐贞观六年,遭康熙己亥夏四月戌刻地震之灾,坍塌殆尽,迄于康熙五十四年乙未重修。有一铁佛,头高二丈余。上有极高之塔,在佛头上保护。相传佛头下有一水井。此地于康熙己亥夏四月地震,城中房屋沉没者大半。迄咸丰年间,复经粤匪破坏,及辛亥之役,又被第三师抢掠奸淫,以致元气至今未复,犹为瓦砾之场。该地人民,每一提及第三师官兵之行为,犹痛骂不已。辛亥起义,革军百计攻城不下,遂设法在南关外十余里处,向城内挖地道而进,后被平阳镇总兵谢有恭侦知,将地道之口堵住,闷毙革军,几有千人。

三月十七号,晴。早八点,由平阳起程,至南关外八里处,游尧庙。庙宇甚大,创建于唐贞观时代,内有尧舜禹三帝王像及其卧宫。正广运殿,祀尧;右重华殿,祀舜;左文命殿,祀禹。后为光天阁,右丹朱祠,左娥皇女英祠。尧帝殿前,有古柏一株,在树干上生有小楸树数根。平阳以南,客籍人民较土著者为多。午尖于太平县属史村镇。过史村,又入山沟,尘沙飞扬,殊难前进。孟城沟系曲沃县属,有国士桥(亦名豫让桥)。午后五点半,至曲沃县属高显镇,宿于顺兴店。

三月十八号,晴,风。午后发晋字第七号报告。早七点半,由高显镇起程,村南古槐夹道。过侯马镇,南有浍水河,发源于东西坞岭。午尖隘口镇,则为铁门关,亦为兵事上之险要地。此地产棉花。以烟叶为大宗,山西全省所用烟叶,均由此处供给。晚宿闻喜县西关,生意尚好,土产出碱。人物有裴度、裴济(字仲博)。

三月十九号,晴。早发闻喜,至夏县属水头镇午尖。闻喜县西关外,有辛亥革命军十一人殉难纪念碑。至水头镇,天气渐暖,草木萌芽,有蝴蝶来往,纷飞不断。禹王故都,在夏县南关外,尚有遗址。禹王庙神像下坐有一井,相传系一泉眼。孔甲都于西河(即河津荣河间),桀迁都安邑。夏县人物,有唐阳城、宋司马光。在水头镇村外,立有宋司马温公故里碑。过水头镇,榆松树极多。天气清和,油菜(即出菜子油之菜)叶绿,榆荚发生,洵令人愉快。乡人在野操作农工者亦不少。晚至安邑县属,宿于北乡镇,饮水渐带碱质。南门内药王庙前有古槐一株,形状颇为奇特。土产出枣。

三月二十号,阴,风。午后大风。早由北乡镇起程,至猗氏县属七人镇午尖。店房破碎露天,几不成屋。午后逆风甚大,迎面扑来,车马难行。沿途多用井水灌地,业农者多系河南、山东人。晚至临晋属,宿于七级镇,房屋破碎,与午尖时同,且秽气扑鼻尤甚。

三月二十一号。午前发晋字第八号报告。午后发第九号报告。早由七级镇起程,午后一点到蒲州府。沿途尘土蔽日,行进困难。蒲州即古蒲坂,为虞帝故都,满城瓦砾。河南、山东人在此业农者,多藉破庙栖身。城内空地,几占十之七八。由黄河渗入城内大水池甚多,池畔所起之碱土,由远处望之似雪,内有飞禽及鱼。所饮之水,均带碱质。城内麦田极多。水池内植有蒲苇。满城古庙虽多,现几无一存者。麦田多用井水灌溉。蒲州为赴陕省通衢,西门外三里处,即为陕省朝邑县属。黄河距城十里,大清关距城三十里。

三月二十二号。午后发晋字第十号报告。赴黄河附近沿岸调查。蒲州城外为旷野，遍植蒲苇。当夏间黄河发水，有直至城下之时，故城门有闸。黄河之宽，约十数里，一片汪洋，流沙起伏。若不觅码头渡河，实难飞渡。即在无水之处，脚立流沙之上，亦必下沉。陕省土匪不能逾山西蹂躏者，亦幸赖有此黄河以为天险也。晋人昔尝谓表里山河，必无害也。即北指韩侯岭，南指黄河而言。西门外禹王庙前黄河岸上，有唐开元十二年所铸极大铁牛四只，以维河桥，现均埋没池中，仅露头背，并有牵铁牛之铁人四个（头一），亦仅露头部。铁牛铁人，工均甚精。俗人不知其所出，均云系上古时用以镇压黄河，不能潦没蒲州之说，误矣。黄河故道，原在西门外，至明万历年间，始改道向西南方流去。在蒲州城内，天气清朗，可望见华山。帝舜故里，在县北三十里舜原，俗传舜所生处，现已渺无人烟。帝祖茔在诸马村（有云虞都在城东南者），舜井在东关古城舜祠内。陶城在蒲坂（即舜都），雷首山临黄河岸十里，至蒲坂三十里。首阳山在县东南五十里。历山在县东南六十里，有舜庙，为后周宇文护总管时所造。中条山在县东南十五里，有桃花、元女二洞，及洞口苍龙诸泉；又有万固、栖岩二寺。栖岩寺东，有唐卢纶故居。方山在县东南一百二十里，一名檀首山，《山海经》谓檀首山是也。猫耳山，在县东南一百二十里纯阳宫上，形如猫耳，故名。玉簪山，在县东南一百二十里永乐镇纯阳宫侧。当春日，桃杏夹溪，松竹盈列，前人恒比之为武陵源。玉峰山，在县东一百里，相传第五十七福地。段干木隐地，在县南三十里历山东。妫汭泉在县南六十里，《水经注》：历山有舜井，妫汭二水出焉。五姓湖，在县东三十里。即涑水，昔有五姓居之。雷泽在县南四十五里首阳山下（即舜渔鱼处），河曲在县南六十里，秦晋会战于此地。二妃坛，在城外，今名娥英陵，在苍陵山谷上。鹳雀楼，在县西南黄河中高阜处。檀道济垒，在县南六十里。八峰北石，在县东南三十里，世传宋杨无敌驻兵处。女娲陵，在城西南六十里黄河岸上，今风陵渡，即其处也。伯夷叔齐墓，在首阳山下二贤祠内。该山又有汉关内侯（讳桓荣）墓。唐吕洞宾宅，在县南一百二十里永乐镇。唐李义山故里，亦在此镇。杨妃村，在雷首山下独头坡。唐贵妃杨氏，本宏农人，其父元琰移居于蒲州独头坡村，生贵妃，入宫后,因名其村为贵妃村,今独头坡即其地也。人物有段干木、汉义纵、张华,北魏敬珍、敬肃,柳芳字仲敷,薛逢,裴居敬。明杨博字维约,及博子俊民;王崇古字学甫,及其甥张四维字子惟;韩爌字象云,张庭;以上均万历年人。唐张果隐居中条山,世传数百岁,来往汾晋间,尝骑白驴。唐李卫公靖之墓,在县东南张寨上。叶公杜如晦墓,及梁公房元龄墓,均在县南旱渡村。但此三人,考诸史鉴,均陪葬昭陵,此处非真。宋都元帅段太亨墓,在县南上方村。明杨博墓,在县东南玉庄里。王崇古墓,在县东峨眉原。张四维墓,在县南风陵乡。宋贾似道之故里,在东关二合店旁。成汤葬于汾阴,即今之蒲州荣河县。土产蒲纸、苇竹、柿桃、柿酒、柿霜饼、棉花。

　　三月二十三号,晴。今早由蒲州起程,午后三点至虞乡县。出蒲州十数里,道旁柿树成林,一望无际,道平如砥。右为条山,山下柿松极多。左为涑水(此水约长八十里),水禽或翱翔于空中,或游泳于水滨,或飞腾于麦田。各村与丛树相杂,远处望之,几不辨其为村为林。沿途均种麦田,无一隙地。将至虞乡,杏花绽蕊,含笑宜人,天气清和,信可乐也。虞乡,在周时封虞仲于虞,为虞国。春秋时,为晋灭。秦汉以后,渺焉无闻。后魏,始置南解县(即今解县地)。后周废,别置虞乡。隋复移虞乡于旧解县地。唐武德元年,在解州西南五十里处筑城,名为虞乡县。条山东接太行,北绕涑水,郁薄偃蹇,而虞乡负抱其间。元世祖时并为临晋,县废改为乡。及清雍正八年,因运输不便,涑水以南仍改为虞乡县。到南门外,观看山景,松树密布,好景如画。虞乡地处偏僻,人民在野者,以农业为生计,在山者以斫柴为生计。城西南有一泉,名百梯泉,发源于五老人峰之西南山峡。人物有范希朝之忠节,扁鹊之名医,柳公绰父子之治行,司空图之隐节,阎敬铭之耿介。土产柿、梨、桃、杏、葡萄等物。东门内有黄帝庙。赴蒲州一带各地,榆杨树干枝上,多生有一堆厚叶,开小黄花,如鸦巢形,名为寄生。俗传汉光武曾避难于上,故名。南山上终日烟生,至夜间,在远处望之,一片火光。因樵夫砍柴,须先用草燃着,将柴烤干,为次日易于担挑,土人谓之火烧柴。扁鹊墓,在东门外清华镇。孙思邈墓,在城南南郭村。城东数里处,有乡贤子山王桂先生著书处。

三月二十四号，晴。早由虞乡县起程，午正十二点至解县（即古解梁地）。涑水柿林，均至解县而止。解县为关公之故里，西门外有一关公庙，工程极大。大殿前层，陈列有铜鼎。殿前阶下，有极大古铜钟一架，东西有铁人、铁狮各一。又有小铁象驼，立铁刁斗杆两根。阶上有古铜桌案一方，古铜大香炉一个，炉内生有小松树一根。两傍有古铜青龙偃月刀两柄，东面又有铁刀一把。碑志甚多，殿不常开。第一层殿为坐像，第二层为关公之三代，祠第三层楼上，为关公夜观《春秋》之真像。惜各殿门未开，不能睹其全局，令人扫兴。大殿四围，均为合抱大雕刻石龙柱。东门外有黄帝名臣风后氏故里碑。过解县不远，即为赴潞村运盐之道，尘沙飞起，扑于车内。城内，有一两抱之古槐甚多。

三月二十五号，晴。午后发晋字第十一号报告。盐池在南门外里许，长五十里，宽七里，周围一百十四里。池畔有一土陵，上有盐池神庙，工程极大。碑志有数十面，又有条山及盐池景图，惜均无人拓卖。池南傍条山，西通涑水。在池神庙前，远望盐池，如一片白雪。庙前石阶，高六十级，历阶往南，即海光楼，为舜帝弹琴之处。

石琴床至今尚存,以指弹之,玲玲然如琴声。盐池做盐法,将地分为段落,引淡水与咸水灌入池内,经日光一晒,两三日内,即成为盐。刷去池内之水,渐渐浸入地内,再行引两种水入池,仍成为盐。盐池内多结有盐晶,如水晶一般。土产棉花及盐。

三月二十六号,晴。早由潞村赴闻喜。过夏朝村,有古槐一株,约可数抱。天气渐暖,久旱不雨,尘土蔽日,令人闷倦。

三月二十七号,晴。由闻喜县赴新绛县。过数里,渐渐上山,天气渐冷。至贺北村午尖。该村在山上,房为土穴,冬雪夏雨,用缸盛贮,备饮马骡。因井有三四十丈深,在井汲水,殊不易易。道路两傍,陡壁悬崖,仅过一车。至孙闻庄,见土中多有芦席,捆作捆,塞入小土穴内。询及土人,云为小孩死后,即如此埋法。

三月二十八号,晴。新绛县城只有西南、东北二门,进西南门,过浍水河及汾河。汾河水至此西流(俗谓汾水逆西),经河津入黄河。船至此地,始能通运。铁货过河津,转入黄河。店前为明代陶氏三世尚书牌坊。陶春,户部尚书;陶铨,户部尚书;陶琐,户、工、兵三部尚

图33 绛州城门
（摄于20世纪40年代）

图 34 绛州塔
（摄于 20 世纪 40 年代）

书。街为石道，高低不平。商业茂盛，驾于晋南。出店向西行数武，即为三皇庙（约三皇亦发祥于此地）。鼓楼在城西北隅，历八十七级石阶，始能达到，高与城齐。过鼓楼往西，即为新绛县署。由县署向南行，系一小土山，高过城墙，上有一钟楼，其钟极大，约系元代时所铸。极目南望，汾、浍二河及众山，均若在怀抱间也。北面城墙，系在小土山上，有石塔一座。往西有关帝庙、三清观。唐时人王勃，即河津县籍，前河津属绛州（河津有耿城商祖乙，曾徙都于此）。

三月二十九号，晴，风。午后发晋字第十二号报告。由新绛县至古城镇晚宿，因往北行，逆风甚大，天气寒冷。经汾城县（原太平县所改）南关外，有文仲子故里碑，北门外有虞臣伯益之墓。经古城镇，为赴永和、大宁通衢。

三月三十号，晴。古城南门，有古槐一株。过桥向北行，即为襄陵县属京安镇。村边有古槐两株，约可数抱。义店村南，有飞虹桥，俗传系鲁班时原修，下有木架，高悬于山河间，上铺大石，盖有一长亭。义店东，满地铺小石子，问之土人，即为种西瓜之地，云得瓜较早，且可熬旱。襄陵土产，稻草纸及藕。此地乡间分渠长、沟长。平山在临汾县城西三十五里，平水出焉。《山海经云》：平山，平水出于其上，潜于其下，多美玉。下有金龙池，即龙子祠。平水出平山下，东流至城西八里处，名平湖。流至襄陵县北门外，入汾河。土人藉此多造草纸、磨面。今日由古城镇经襄陵县，至平阳府。

三月三十一号，晴。四月一号，晴，平阳蒲坂，其地硗瘠，民人朴陋俭啬，惟尧舜能都之。有云尧先都蒲水，后迁至平阳之说。平阳，古之建国者，烈山氏住都（神农后）。及有娥国，桀败于有娥之墟。临汾县，成王封叔虞于尧之故墟，曰唐侯，后改为晋。项羽封魏豹于平阳。汉封曹参为平阳侯。魏刑白马而筑之，又名白马城，即今之临汾县。姑射山，在城西三十五里，有姑射、莲花二洞。庄周所谓"藐姑射之山，有神人居"是也。九孔山，在城西三十五里，与姑射山九孔相连，深不可测，故名。浮山，在城东南三十里，相传洪水横流时，此山能随水消长。桃花洞，在涝河渠。卧虎山，在城东三十里，以形类虎故名。礜石山，在城西三十五里，山石似礜。漫山岭，在城东北五十里，与龙角山东西相距。涝水，一名黑水。

《山海经》谓之涝源，出浮山县。永利池，即城内西北莲花池。漂泉，在城南二十里东元村。黄芦泉，在城东二十五里，源出卧虎山。马跑泉，在城西南二十里，周围三丈，深不可测。满井，在城南十里，不汲即满，虽旱亦然。尧井，在尧庙殿前，相传尧建都时所凿。分水岑，在城西北姑射山之西，《周书》所谓"分水关"也。土产水稻，水利有十五处。仓颉故宅，在城南赵村。茅茨土阶遗址及蕢莢亭，均在城南十里伊村。礼城，在城东，相传尧妻舜之二女处。击壤处，在城北五里。康衢，在城东，今其村犹名为康衢村。邓子坡，在城西二十里，即伯道弃子处。金城，在城西南二十里金店村，晋永嘉末刘渊据此。人物有黄帝左史仓颉，尧时席老师（系击壤而歌者），夏刘累，汉卫青、霍去病、霍光、尹翁归、张敞，晋李矩、隐士焦先，唐平阳公主、柴绍、韦忠，后唐洪崖子，晋平阳王敬晖，宋皇甫靖、姑射坐仙、孙明复。唐尧陵，在城东七十里，陵高一百五十尺，广二百余步。旁皆山石，惟此地为平土，深丈余，后有河一道。丹朱墓在城西北二十里王曲村。汉舞阳祠，在城东二里。曹相国祠，在平善坊。霍将军祠，在城西八里。唐太宗庙，在城东十五里。李卫公祠,在东关外。晋贾充墓,在城南二十里朱家里。汉刘聪墓,在城西北二十里村。相传逍遥园,为其后刘娥所建。晋怀、愍二帝陵,亦在此地。唐无佞侯墓,在城东二十里。有魏孝女墓,在城东大道北。魏正光中,女年十五,母病不胜哀而卒,太守崔游申请茔墓立碑,自为制文,比之曹娥。元平章王泰亨墓,在城东五十里。许谦墓,在城东十里九州堡,地四亩不纳粮。明晋王济熺墓,在城西北三十里(许谦墓俟考)。

四月二号,阴,风。午晴。午后发晋字第十三号报告。由平阳至蒙城镇,沿途多为土山,灰尘甚大,不能远望。在平阳,因山道险阻,轿车不通,雇架窝一架。架窝用苇蒿扎一棚子,下用杉梁两根,底用绳网,铺席于上,两骡在前后驼行。

四月三号,晴,风。由蒙城镇至翼城县,愈走愈高,天气渐冷。离翼城二十五里处,天气比蒙城一带为和暖。翼城,系晋始封于河汾东之地,至春秋时,为曲沃伯所灭。翼城县生意均在北关,多为运载之店,所运之货,多系铁类及棉花、磁器、药材、盐,距城尚有三里,城中亦无生意。土产烟叶、芝麻。

四月四号,晴。由翼城往南,农人操作,均用小车,与洪洞县同。由翼城至古隆华镇(即隆城),沿途均为土山,道路忽高忽低,天气冷暖不定。晋人陋习,无论贫富,男子定亲,必须用聘金,否则无人妻之。即小户之家说亲,须用银百余两。岭北人多学生意者,为手中积有钱财,易于定亲。往往有数十亩田之户,因无钱,终身不能定亲者。询及土人,云凡妇女生女二人,后再生女,则必溺死,故女子缺少。过隆华镇十里,即入西东坞岭,中间有一小河,山道险阻,仅能容人马通过,陆炮及辎重车辆,均不能通行。至沁水县属,沿途山河,冰尚有未解者。王寨铺在丛山中,自入西坞岭后,遍山均为铁质。

四月五号,晴。午前发晋字第十四号报告。由王寨至刘村。午前十点,过沁水县,均在山河中行,尚有余冰未解者。沁水县东,渐多松柏柿树,间有在小河中种田者。过富店镇东,则为九回山,山道直上,坐架窝中,不能上行,必须徒步,攀援而进。驻足山顶,极目一览,直有群山在抱之势。沿途村镇,均在山中。所谓镇者,亦不过有数十家住户耳。周定王乙未五年冬,晋侯、宋公、鲁侯、卫侯、郑伯、曹伯会于黑壤,现沁水县有乌岭,即其地也。

四月六号，晴。由刘村至八甲口。离十里处，为洪上村，遍山松柏，河流潺湲，情景如画。山坡居民，多铸铁之户。八甲口对过小庄，出铁炉铁锅。孔镇出桑皮纸。沁河以西，为鲁河是也。沁河离八甲口二十里处，绿波荡漾。过河涉岭，徒步前进，至山中间，有大明成化十八年岁次壬寅六月十八日水至于此之纪念碑。此山名为天坛山，再上一庙，为祖师庙，有东西二门，为行人来往必由之路。西门上刻"川汇珠泉"，东门上刻"峰环金谷"。晚至晋城县属周村镇，所宿之店，离城尚有二里。此处为东南路最大之镇，生意均在城内。

四月七号，午晴。过周村，即入山道，为太行山脉。二十里铺，有古槐一株，约可六抱。此处山顶多有大风，行人至此，实有迟迟不能前进之势。山巅逆风甚大，冷气逼人，吹动架窝，不能稳坐，遂徒步行十余里，至桃固岭下，始上架窝。在山顶上一览田地，如万重之阶级，历历可数。晋城西门外，有土灰积成叠道，长有一里，高有数十丈，仅容人马通过。晋城商业，多在南门内外，土产出铁，以剪子为著名。

四月八号,晴。午后发晋字第十五号报告。在数十年前,中国所用之针,均由此处大杨镇供给。因自洋针入口,国人皆乐使洋针,遂致业此针者,均为停业。自洋货涨价,洋针每一个比前贵数十倍。该县知事有鉴于此,遂仍令大杨镇复理故业。然已不做者有年,多半失传。可见中国前不讲实业,专仰给于外人,深为可惜。此处货物,多由河南清化镇、车镇运来。由此处或运至翼城,或运至太原,均由此处过载。

四月九号,阴,大风。泽州以北,道路虽高低不平,尚无大山,行进较前二日平稳。此地之车(由翼城以南皆然),杆长轮小,为走山道运粮运煤之用。前车箱内放草,后车牛驴行进,即可食之。土产铁、煤、五谷,以黄小米为大宗。巴公镇,据土人云,当年有人在此地做官甚好,民人爱戴,故名。北门内,有一真丈夫碑,惜碑阴字迹模糊。又南门外,有河名西河(常有水),北门外河名丹河。

四月十号,晴。高平介于泽、潞之间,因其高而且平,故名。古称泫氏,又称为长平,春秋时高平沦为戎狄,为辰米国。丹水发源于发鸠山,分东西二派:山阴则为漳水出焉，山阳则为丹水出焉。土产铁、煤、蚕丝，铁矿在走马岭。邑内养蚕，四十余日，即可成茧抽丝。前每年能抽二次丝，今又发明每年可抽三次丝矣。自沁水至高平，铁冶炉颇为有利，然铁渣堆积如山，塞河壅道。炉废时，其地遂为不毛，而河冲余渣，复漫灭邻田，亦至赋无所出。前阳城、晋城业此者多，今高平亦较增矣。头颅山，在县西五里，系秦白起当年坑赵卒处，或传丹水因其当年血流成河故名。秦破赵于长平，即此地。耕人往往得铜头箭镞三脊形，上犹渍古血。山上有骷髅庙，昔唐元宗幸潞州，择枯骨最大者，立像封骷髅大王，命有司春秋致祭。庙前池内，有大鱼。城内西南城墙上，有塔一座。下有奎星楼、程子祠、孔圣庙，庙内古柏甚多，又有吴道子所画孔子为司寇时之像，刻于石上，颜渊侍之。此像由孔子四十七代孙蒙处所得。炎帝陵在换马镇东南。神农城在县北四十里。神农井，在古城下六十步。羊头山在县北，相传古炎帝神农氏艺五谷处，其上有帝陵焉，陵之下，即艺谷圃也。发鸠山在县西北五十里，《山海经》云：发鸠之山，其上多枯木，有鸟名精卫，相传炎帝少女游海溺死所化。丹朱岭，在县北五十里（接长子县界），相传尧封长子丹朱于此。王叔和药碾，在王寺村，今土窑、药碾俱存。汉费长房，修真于县之南山。范士匃封长平，匃邑即此地也。人物如汉原臣陈龟字叔珍（桓帝时人），晋虞浦、郗鉴，北魏徐招、卜翼州，后周李贤（字叔和）、蔡袭及其子裕（字承先），宋王友直（字圣益）、金王晦（字子明）。此地有金龙四大王庙、二郎庙。相传金龙四大王，讳谢绪，会稽人，愤宋祚沉移，投渊而死。后助明太祖破蛮子海牙，始封。二郎庙，在南关，讳赵昱，隋时人，入水斩蛟，相传为治水之神，邑人祀之，以镇西山之水。汤王庙，在南门内。张仪庙，在凤翅山。汉陈龟墓，在县东南龙尾里，今羊虎翁仲尚存。五音祠，在舍利山下，唐僧大愚公尝于此洞闻五音之声。周世宗战场，在县南五里横涧桥外，世宗曾败北汉祖刘旻于此。弃甲院，在县北垫头、王庄等地，为赵降军弃甲处。唐周故处士杨素（字贞白）墓，在巩村西南。元金吾大将军郭冕墓，在王报村西北，今石坊尚存。廉颇墓，或云在今源洁泉里，墟尚存。县西马游村里许，有兰相山，西近空仓岭，南近古光狼城，东距省冤谷。程明道曾充此地县令，令立乡校六十余所，手正儿童所习书句读。山西之庙，关帝庙为多，内多附三代祠，为光昭王、裕昌王、成忠王。

四月十一号，晴。由高平至韩店镇，过小山数处，道路虽有不平之处，尚无险阻之山。来往煤车甚多，遇有风天，黑尘为之蔽日，故本地居民面上多带煤灰。过泽州以北，居民均为土著，客籍者甚少。

四月十二号，晴。由韩店镇至长治县，沿途渐见平坦。长治县原系前潞安府治城，一面六里，街道约宽八九丈，多系空地。所有生意，不甚畅旺，惟酒店尚多。土产以麻、酒、铁、煤、潞参、为大宗。因煤价低廉，每车约千斤，合京钱二百二十文，故地内柴草，均聚烧于地，以为肥料。此地渐有小大车，城内道路，因运粮煤，往来不断，遂致道路灰尘，为之没足。东路一带，中厕大如井坑，深有一二丈，往内泼水，以长杆水斗取出，倒于车上（式如水车），拉至地内，用作灌溉地亩肥料，并有恒在厕内淹死者。询之此地七十余岁之土人，云此地遭兵燹时甚少，人物有常起，曾充辛亥山西起义时军务部长，在侯马阵亡，现晋督军署内有纪念塔。

四月十三号，晴。午前发晋字第十六号报告。由长治县经上村镇，至阎村镇，道路平坦，尚无灰尘，惟岐路甚多。出离二十里处,有河名西河,据土人云,系发源于子洪口。上村镇系屯留县境,阎村镇系襄垣县境。阎村四面皆山,故较他处为冷,晚宿于窑内。此地就山坡挖窑,内多用砖堆砌。有在房上作场者,在上面并不见为屋,因屋顶多为土山故也。

四月十四号,晴。由阎村至递亭镇,道路平坦。午过夏店镇,北有漳河,发源于漳源镇,至襄垣县与西河并而为一,均流入于河南漳河。午后傍山道而行,左为漳水,曲折绕山道而流。

四月十五号,晴。由递亭镇,经沁县,至漳源镇午尖。沁县城内,见有红男绿女、牛鬼蛇神各现象在街间游,询之土人,云各家均于是日出游,谓之赶会,并无货物可买,亦由风俗使然也。午在沁县(即前沁州)吴家店打尖,内即清康熙时代保和殿大学士吴文端公之专祠,店主即其后裔。吴文端公名瑛字伯美,号铜川,系沁县城南徐村人。祠内碑志甚多,工程亦好,惜后世子孙,不克象贤,致两旁配殿,咸住寓客,殿前拴牲畜,未免令前代名臣,抱恨九原。过沁县,仍循山坡傍漳河进,惟道路灰尘渐多。漳河至此地,不过略有水流而已。漳源镇处极高之地，亦为沁县所辖境界。漳河发源，即由此地。沁县东有断梁城，即春秋时断道。

四月十六号，晴，大风。由漳源镇至北关，出数里，即入山道。过九龙山、走马岭、华山河，水流如漱玉之声。唐诗云"清泉石上流"，即此是也。至武乡县属勋欢打尖。未至勋欢之前，在平道上架窝内，由骡身倒下，时正困睡，饱受一惊，幸右手腕只挫一下，他部尚未受伤。勋欢前面，即为勋欢山，故村亦名勋欢。四面皆山店，后有山河一道。午后过分水岭，至祁县属北关镇，道路崎岖，又值逆风甚大，尘沙扑面，致架窝几有不能前进之势。由南关至北关，名为十里，实有二十里，共有九道大湾，每湾有一二里，中间有河滩二道。分水岭以北，均为大山，煤、铁质甚多，惜无人开采。此地名南关、北关，想系当年要塞屯兵之所。北关处山河中间，住户亦无多。今日所过道路，不但陆炮及辎重车不能通过，即山炮、步骑队行进，亦殊觉困难。

四月十七号，晴。午后大风。由北关至子洪，在山河内乱石上行走，毫无道路。杜甫诗云"一片碎石大如斗"，即此是也。沿途桃杏花开，杨柳依依。土人多在山下种麦,借山河之水,以灌田地。山河曲折,到山尽处,峰回路转,即所谓"山穷水尽疑无路,柳暗花明又一村"是也。至子洪石桥,右为山河,左为青山,山下有清泉北流,声如漱玉。由架窝往桥下远观,桃杏花开,杨柳叶绿,甚令人愉快。午后出子洪口,即为平路,惟狂风怒号,尘沙扑人,架窝倾斜,致行进困难。

四月十八号,晴。过白圭镇北,路多沙尘,幸是日天气清和,无风。午至徐沟县,系由省赴南东路之通衢,商业颇见茂盛。晚至太原县属小店镇。

四月十九号,阴,狂风。午后发晋字第十七号报告。由小店镇至晋省城,狂风大作,几不辨其道路,在架窝内,殊为寒冷。前在晋城,见县知事告示,悬赏缉拿盗墓人犯,所开失单内,有烟土及烟具,询诸土人,均云山西人嗜烟者多,死后必以烟土、烟具殉葬,视人家之贫富,以定殉葬之多寡。即盗墓者,亦多半为黑籍中人。晋南风俗,凡生产小儿后,门前必以干草做一大圆圈,中间一十字钉于门外墙上,不知其意何居?

晋汾古建筑预查纪略

林徽因[①] 梁思成

去夏乘暑假之便,作晋汾之游。汾阳城外峪道河,为山右绝好消夏的去处;地据白彪山麓,因神头有"马跑神泉",自从宋太宗的骏骑蹄下踢出甘泉,救了干渴的三军,这泉水便没有停流过,千年来为沿溪数十家磨坊供给原动力,直至电气磨机在平遥创立了山西面粉业的中心,这源源清流始闲散地单剩曲折的画意。辘辘轮声既然消寂下来,而空静的磨坊,便也成了许多洋人避暑的别墅。

说起来中国人避暑的地方,哪一处不是洋人开的天地,北戴河、牯岭、莫干山,……所以峪道河也不是例外。

---

① 林徽因(1904—1955),福建闽县人。曾任东北大学、清华大学教授。著有《林徽因文集》、《林徽因诗集》,编有《大公报·文艺丛刊小说选》。本文节选自《中国营造学社汇刊》1934年第5卷第3期,文中未注明出处的配图都是原文配图。

其实去年在峪道河避暑的，除去一位娶英籍太太的教授和我们外，全体都是山西内地传教的洋人，还不能说是中国人避暑的地方呢。在那短短的十几天，令人大有"人何寥落"之感。

以汾阳峪道河为根据，我们曾向邻近诸县作了多次的旅行，计停留过八县地方，为太原，文水，汾阳，孝义，介休，灵石，霍县，赵城，其中介休至赵城间三百余里，因同蒲铁路正在炸山兴筑，公路多段被毁，故大半竟至徒步，滋味尤为浓厚。餐风宿雨，两周间艰苦简陋的生活，与寻常都市相较，至少有两世纪的分别。我们所参诣的古构，不下三四十处，元明遗物，随地遇见，现在仅择要纪述。

汾阳县　峪道河　龙天庙

在我们住处，峪道河的两壁山岩上，有几处小小庙宇。东岩上的实际寺，以风景幽胜著名。神头的龙王庙，因马跑泉享受了千年的烟火，正殿前有拓黑了的宋碑，为这年代的保证，这碑也就是这庙里惟一的"古物"。

西岩上南头有一座关帝庙,几经修建,式样混杂,别有趣味。北头一座龙天庙,虽然在年代或结构上并无可以惊人之处,但秀整不俗,我们却可以当它作山西南部小庙宇的代表作品。

龙天庙在西岩上,庙南向,其东边立面,厢庑后背,钟楼及围墙,成一长线剪影,隔溪居高临下,隐约白杨间。在斜阳掩映之中,最能引起沿溪行人的兴趣。山西庙宇的远景,无论大小都有两个特征:一是立体的组织,权衡俊美,各部参差高下,大小相依附,从任何观点望去均恰到好处;一是在山西,砖筑或石砌物,斑彩淳和,多带红黄色,在日光里与山岗原野同醉,浓艳夺人,尤其是在夕阳西下时,砖石如染,远近殷红映照,绮丽特甚。在这两点上,龙天庙亦非例外。谷中外人三十年来不识其名,但据这种印象,称这庙做"落日庙"并非无因的。

庙周围土坡上下有盘旋小路,坡孤立如岛,远距村落人家。庙前本有一片松柏,现时只剩一老松,孤傲耸立,缄默如同守卫将士。庙门镇日闭锁,少有开时,苟遇一老人耕作门外,则可暂借锈钥,随意出入;本来这一带地方多是道不拾遗,夜不闭户的,所谓锁钥亦只余一条铁钉及一种形式上的保管手续而已。这现象竟亦可代表山西内地其他许多大小庙宇的保管情形。

庙中空无一人,蔓草晚照,伴着殿庑石级,静穆神秘,如在画中。两厢为"窑",上平顶,有砖级可登,天晴日美时,周围风景全可入览。此带山势和缓,平趋连接汾河东西区域;远望绵山峰峦,竟似天外烟霞;但傍晚时,默立高处,实不竟古原夕阳之感。近山各处全是赤土山级,层层平削,像是出自人工;农民多辟洞"穴居",耕种其上。麦黍赤土,红绿相间成横层,每级土崖上所辟各穴,远望似平列桥洞,景物自成一种特殊风趣。沿溪白杨丛中,点缀土筑平屋小院及磨坊,更错落可爱。

龙天庙的平面布置南北中线甚长,南面围墙上辟山门。门内无照壁,却为戏楼背面。山西中部南部我们所见的庙宇多附属戏楼,在平面布置上没有向外伸出的舞台。楼下部为实心基坛,上部三面墙壁,一面开敞,向着正殿,即为戏台。台正中有山柱一列,预备挂上帷幕可分成前后台。楼左阙门,有石级十余可上下。在龙天庙里,这座戏楼正堵截山门入口处成一大照壁。

转过戏楼,院落甚深,楼之北,左右为钟鼓楼,中间有小小牌楼,庭院在此也高起两三级划入正院。院北为正殿,左右厢房为砖砌窑屋各三间,前有廊檐,旁有砖级,可登屋顶。山西乡间穴居仍盛行,民居喜砌砖为窑(即券洞),庙宇两厢亦多砌窑以供僧侣居住。窑顶平台均可从窑外梯级上下。此点酷似墨西哥红印人之叠层土屋,有立体堆垒组织之美。钟鼓楼也以发券的窑为下层台基,上立木造方亭,台基外亦设砖级,依附基墙,可登方亭。全建筑物以砖造部分为主,与他省木架钟鼓楼异其风趣。

正殿前廊外尚有一座开敞的过厅,紧接廊前,称"献食棚"。这个结构实是一座卷棚式过廊,两山有墙而前后檐柱间开敞,没有装修及墙壁。它的功用则在名义上已很明了,不用赘释了。在别省称祭堂或前殿的,与正殿都有相当的距离,而且不是开敞的,这献食棚实是祭堂的另一种有趣的做法。

龙天庙里的主要建筑物为正殿。殿三间,前出廊,内供龙天及夫人像。按廊下清乾隆十二年碑说:

> 龙天者,介休令买贾侯也。公讳浑,晋惠帝永兴元年,刘元海……攻陷介休,公……死而守节,不

愧青天。后人……故建庙崇祀,……像神立祠,盖自此始矣。

这座小小正殿,"前廊后无廊",本为山西常见的做法,前廊檐下用硕大的斗栱,后檐却用极小乃至不用斗栱。将前后不均齐的配置完全表现在外面,是河北省所不经见的,尤其是在旁面看其所呈现象,颇为奇特。

至于这殿,按乾隆十二年《重增修龙天庙碑记》说:

> 按正殿上梁所志,系元季丁亥(元顺帝至正七年公元一三四七)重建。正殿三小间,献食棚一间,东西厦窑二眼,殿旁两小房二间,乐楼三间。……鸠工改修,计正殿三大间,献食棚三间,东西窑六眼,殿旁东西房六间,大门洞一座……零余银备异日牌楼、钟鼓楼之费……

所以我们知道龙天庙的建筑,虽然曾经重建于元季,但是现在所见,竟全是乾嘉增修的新构。

殿的构架,由大木上说,是悬山造,因为各檩头皆伸出到柱中线以外甚远;但是由外表上看,却似硬山造,因为山墙不在山柱中线上,而向外移出,以封护檩头。这种做法亦为清代官式建筑所无。

这殿前檐的斗栱，权衡甚大，斗栱之高，约及柱高之四分之一；斗栱之布置，亦极疏朗，当心间用补间铺作一朵，次间不用。当心间左右两柱头并补间铺作均用四十五度斜栱。柱身微有卷杀，阑额为月梁式，普拍枋宽过阑额。这许多特征，在河北省内惟在宋元以前建筑乃得见，但在山西，明末清初比比皆是。但细查各栱头的雕饰，则光怪陆离，绝无古代沉静的气味；两平柱上的丁头栱（清称雀替），且刻成龙头象头等形状。

殿内梁架所用梁的断面，亦较小于清代官式的规定，且所用驼峰、替木、叉手等等结构部分，都保留下古代的作法，而在清式中所不见的。

全殿最古的部分，是正殿匾牌。匾文说：（略）

这牌的牌首、牌带、牌舌，皆极奇特，与古今定制都不同，不知是否原物，虽然牌面的年代是确无可疑的。

汾阳县　杏花村　国宁寺

杏花村是做汾酒的古村，离汾阳甚近。国宁寺大殿，由公路上可以望见。殿重檐，上檐檐椽毁损一部，露出撩檐枋及阑额，远望似唐代刻画中所见双层额枋的建筑，故引起我们绝大的兴趣及希望，及到近前才知道是一片极大的寺址中仅剩的一座极不规矩的正殿；前檐倾圮，檐檩暴落，竟给人以奢侈的误会。廊下乾隆二十八年碑说："敕赐于唐贞观，重建于宋，历修于明代。"现存建筑大约是明时重建的。

在山西明代建筑甚多，形形色色，式样各异，斗栱布置或仍古制，或变换纤巧，陆离光怪，几不若以建筑规制论之。大殿的平面布置几成方形，重檐金柱的分间，与外檐柱及内柱不相排列。而在结构方面，此殿做法很奇特，内部梁架，两山将采步金梁经过复杂勾结的斗栱，放在顺梁上，而采步金上，又承托两山顺扒梁（或大昂尾），法式新异，未见于他处。

至于下檐前面的斗栱，不安在柱头上，致使柱上空虚，做法错谬，大大违反结构原则，在老建筑上是甚少有的。

文水县　文庙

文水县，县城周整，文庙建筑亦宏大出人意外。院正中泮池，两边廊庑，碑石栏杆，围衬大成门及后殿，壮丽较之都邑文庙有过无不及；但建筑本身分析起来，颇多弱点，仅为山西中部清以后虚有其表的代表作之一种。庙里最古的碑记，有宋元符三年的县学进士碑，元明历代重修碑也不少。就形制看来，现存殿宇大概都是清以后所重建。

正殿，开间狭而柱高，外观似欠舒适。柱头上用阑额和由额，二者之间用由额垫板，间以"荷叶墩"，阑额之上又用肥厚的普拍枋，这四层构材，本来阑额为主，其他为辅，但此处则全一样大小，使宾主不分，极不合结构原则。斗栱不甚大，每间只用补间铺作一朵。坐斗下面，托以"皿板"，刻作古玩座形，当亦是当地匠人，纤细弄巧做法之一种表现。斗栱外出两跳华栱，无昂，但后尾却有挑杆，大概是由耍头及撑头木引上。两山柱头铺作承托顺扒梁外端，内端坦然放在大梁上却倒率直。

戟门三间，大略与大成殿同时。斗栱前出两跳，单抄单下昂，正心用重栱，第一跳单栱上施替木承罗汉枋，第二跳不用栱，跳头直接承托替木，以承挑檐枋及檐桁，也是少见的做法。转角铺作不用由昂，也不用角神或宝瓶，只用多跳的实拍栱（或靴契），层层伸出，以承角梁，这做法不止新颖，其较其他常见的尚为合理。

汾阳县　小相村　灵严寺

小相村与大相村一样在汾阳文水之间的公路旁，但大相村在路东，而小相村却在路西，且离汾阳亦较远。灵严寺在山坡上，远在村后，一塔秀挺，楼阁巍然，殿瓦琉璃，辉映闪烁夕阳中，望去易知为明清物，但景物婉丽可人，不容过路人弃置不采。

离开公路，沿土路行可四五里达村前门楼。楼跨土城上，底下圆券洞门，一如其他山西所见村落。村内一路贯全村前后，雨后泥泞崎岖，难同入蜀，愈行愈疲，愈觉灵严寺之远，始悟汾阳一带，平原楼阁远望转近，不易用印象来计算距离的。及到寺前，残破中虽仅存山门券洞,但寺址之大,一望而知。

进门只见瓦砾土邱,满目荒凉,中间天王殿遗址,隆起如冢,气象堂皇。道中所见砖塔及重楼,尚落后甚远,更进又一土邱,当为原来前殿——中间露天趺坐两铁佛,中挟一无像大莲座;斜阳一瞥,奇趣动人,行人倦旅,至此几顿生妙悟,进入新境。再后当为正殿址,背景里楼塔愈迫近,更有铁佛三尊,趺坐慈静如前,东首一尊且低头前伛,现悯恻垂注之情。此时远山晚晴,天空如宇,两址反不殿而殿,严肃丽都,不藉梁栋丹青,朝拜者亦更沉默虔敬,不由自主了。

铁像有明正德年号,铸工极精,前殿正中一尊已倾欹坐地下,半埋入土,塑工清秀,在明代佛像中可称上品。

灵严寺各殿本皆发券窑洞建筑,砖砌券洞繁复相接,如古罗马遗建,由断墙土邱上边下望,正殿偏西,残窑多眼尚存。更像隧道密室相关连,有阴森之气,微觉可怕,中间多停棺柩,外砌砖椁,印象亦略如罗马石棺,在木造建筑的中国里探访遗迹,极少有此经验的。券洞中一处,尚存券底画壁,颜色鲜好,画工精美,当为明

图 35 灵岩寺砖塔

代遗物。

砖塔在正殿之后,建于明嘉靖二十八年。这塔可作晋冀两省一种晚明砖塔的代表。

砖塔之后,有砖砌小城,由旁面小门入方城内,别有天地,楼阁廊舍,尚极完整,但阒无人声,院内荒芜,野草丛生,幽静如梦;与"城"以外的堂皇残址,露坐铁佛,风味迥殊。

这院内左右配殿各窑五眼,窑筑巩固,背面向外,即为所见小城墙。殿中各余明刻木像一尊。北面有基窑七眼,上建楼殿七大间,即远望巍然有琉璃瓦者。两旁更有个楼,石级露台曲折,可从窑外登小阁,转入正楼。夕阳落漠,淡影随人转移,处处是诗情画趣,一时记忆几不及于建筑结构形状。

下楼徘徊在东西配殿廊下看读碑文,在荆棘拥护之中,得朱之俊崇祯年间碑,碑文叙述水陆楼的建造原始甚祥。

朱之俊自述:"夜宿寺中,俄梦散步院落,仰视左右,有楼翼然,赫辉壮观,若新成形……觉而异焉,质明举似普门师,师为余言水陆阁像,颇与梦合。余因征水陆缘起,慨然首事……"

各处尚存碑碣多座,叙述寺已往的盛史。惟有现在破烂的情形,及其原因,在碑上是找不出来的。

正在留恋中,老村人好事进来,打断我们的沉思,开始问答,告诉我们这寺最后的一页惨史。据说是光绪二十六年替换村长时,新旧两长各竖一帜,怂恿村人械斗,将寺折毁。数日间竟成一片瓦砾之场,触目伤心;现在全寺只余此一院楼厢,及院外一塔而已。

孝义县　吴屯村　东岳庙

由汾阳出发南行,本来可雇教会汽车到介休,由介休改乘公共汽车到霍州、赵城等县。但大雨之后,道路泥泞,且同蒲路正在炸山筑路,公共汽车道多段已拆毁不能通行,沿途跋涉露宿,大部竟以徒步得达。

我们曾因道阻留于孝义城外吴屯村,夜宿村东门东岳庙正殿廊下;庙本甚小,仅余一院一殿,正殿结构奇特,屋顶的繁复做法,是我们在山西所见的庙宇中最已甚的。小殿向着东门,在田野中间镇座,好像乡间新娘,满头花钿,正要回门的神气。

庙院平铺砖块,填筑甚高,围墙矮短如栏杆,因墙外地洼,用不着高墙围护;三面风景,一面城楼,地方亦极别致。庙厢已作乡间学校,但仅在日中授课,顽童日出即到,落暮始散。夜里仅一老人看守,闻说日间亦是教员,薪金每年得二十金而已。

院略为方形,殿在院正中,平面则为正方形,前加浅隘的抱厦。两旁有斜照壁,殿身屋顶是歇山造;抱厦亦然,但山面向前,与开栅圣母庙正殿极相似,但因前为抱厦,全顶呈繁乱状,加以装饰物,愈富缛不堪设想。这殿的斗栱甚为奇特,其全朵的权衡,为普通斗栱所不常有,因为横栱——尤其是泥道栱及其慢栱——甚短,以致斗栱的轮廓耸峻,呈高瘦状。殿深一间,用补间斗栱三朵。抱厦较殿身稍狭,用补间铺作一朵,各层出四十五度斜昂。昂嘴纤弱,凹入颇深。各斗栱上的耍头,厚只及材之半,刻作霸王拳,劣匠弄巧的弊病,在在可见。

侧面阑额之下,在柱头外用角替,而不用由额,这角替外一头伸出柱外,托阑额头下,方整无饰,这种做法无意中巧合力学原则,倒是罕贵的一例。檐部用椽子一层,并无飞椽,亦奇。但建造年月不易断定。我们夜宿廊下,仰首静观檐底黑影,看凉月出没云底,星斗时现时隐,人工自然,悠然溶合入梦,滋味深长。

霍县　太清观

以上所记,除大相村崇胜寺规模宏大及圣母庙年代在明以前,结构适当外,其他建筑都不甚重要。霍州县城甚大,庙观多,且傀伟,登城楼上望眺,城外景物和城内嵯峨的殿宇对照,堪称壮观。以全城印象而论,我们所到各处,当无能出霍州右者。

霍县太清观在北门内,志称宋天圣二年,道人陶崇人建,元延祐三年道人陈泰师修。观建于土邱之上,高出两旁地面甚多,而且愈往后愈高,最后部庭院与城墙顶平,全部布局颇饶趣味。

观中现存建筑,多明清以后物。惟有前殿,额曰"金阙玄元之殿",最饶古趣。殿三间,悬山顶,立在很高的阶基上;前有月台,高如阶基。斗栱雄大,重栱重昂造,当心间用补间铺作两朵,梢间用一朵。柱头铺作上的耍头,已成桃尖梁头形式,但昂的宽度,却仍早制,未曾加大。想当是明初近乎官式的作品。这殿的檐部,也是不用飞椽的。

最后一殿,歇山重檐造,由形制上看来,恐是清中叶以后新建。

霍县　东福昌寺

祝圣寺原名东福昌寺,明万历间始改今名。唐贞观四年,僧清宣奉敕建。元延祐四年,僧圆琳重建,后改为霍山驿。明洪武十八年,仍建为寺。现时因与西福昌寺关系,俗称上寺、下寺。就现存的建筑看,大概还多是元代的遗物。

东福昌寺诸建筑中,最值得注意的,莫过于正殿。殿七楹,斗栱疏朗,尤其在昂嘴的凹势上,富于元代的意味。殿顶结构,至为奇特。乍见是歇山顶,但是殿本身屋顶与其下围廊顶是不连续成一整片的,殿上盖悬山顶,而在周围廊上盖一面坡顶(围廊虽有转角绕殿左右,但止及殿左右朵殿前面为止)。上面悬山顶有它自己的勾滴,降一级将水泄到下面一面坡顶上。汉代遗物中,瓦顶有这种两坡做法,如高颐石阙及纽约博物馆藏汉明器,便是两个例,其中一个是四阿顶,一个是歇山顶。日本奈良法隆寺玉虫厨子,也用同式的顶。这种古式的结构,不意在此得见其遗制,是我们所极高兴的。关于这种屋顶,已在本刊五卷二期《汉代建筑式样与装饰》一文中详论,不必在此赘述。

在正殿左右为朵殿,这朵殿与正殿殿身,正殿围廊三部屋顶连接的结构法,至为妥善,在清式建筑中已不见这种智巧灵活的做法,官式规制更守住呆板办法删除特种变化的结构,殊可惜。

正殿阶基颇高,前有月台,阶基及月台角石上,均刻蟠龙,如《营造法式》石作之制;此例雕饰曾见于应县佛宫寺塔月台角石上。可见此处建筑规制必早在辽明以前。

后殿由形制上看,大概与正殿同时,当心间补间铺作用斜栱斜昂,如大同善化寺金建三圣殿所见。

后殿前庭院正中,尚有唐代经幢一柱存在,经幢之旁,有北魏造像残石,用砖龛砌护。石原为五像,弥勒(?)正中坐,左右各二菩萨挟侍,惜残破不堪;左面二菩萨且已缺毁不存。弥勒垂足交胫坐，与云岗初期作品同，衣纹体态，无一非北魏初期的表征，古拙可喜。

霍县　西福昌寺

西福昌寺与东福昌寺在城内大街上东西相称。按《霍州志》，贞观四年，敕尉迟恭监造。初名普济寺。太宗以破宋老生于此，贞观三年，设建寺以树福田，济营魄。乃命虞世南、李百药、褚遂良、颜师占、岑文本、许敬宗、朱子奢等为碑文。可惜现时许多碑石，一件也没有存在的了。

现在正殿五间。左右朵殿三间，当属元明遗构。殿廊下金泰和二年碑，则称寺创自太平兴国三年。前廊檐柱尚有宋式覆盆柱础。

前殿三间，歇山造，形制较古，门上用两门簪，也是辽宋之制。殿内塑像，颇似大同善化寺诸像。惜过游时，天色已晚，细雨不辍，未得摄影。但在殿中摸索，燃火在什物尘垢之中，瞻望佛容而已。

全寺地势前低后高。庭院层层高起，亦如太清观，但跨院旧址尚广,断墙倒壁,老榭荒草中,杂以民居,破落已极。

霍县　火星圣母庙

火星圣母庙在县北门内。这庙并不古,却颇有几处值得注意之点。在大门之内,左右厢房各三间,当心间支出垂花雨罩,新颖可爱,足供新设计参考采用。正殿及献食棚屋顶的结构,各部相互间的联络,在复杂中倒合理有趣。在平面的布置上,正殿三间,左右朵殿各一间,正殿前有廊三间,廊前为正方形献食棚,左右廊子各一间。这多数相连络殿廊的屋顶,正殿及朵殿悬山造,殿廊一面坡顶,较正殿顶低一级,略如东福昌寺大殿的做法。献食棚顶用十字脊,正面及左右歇山,后面脊延长,与一面坡相交;左右廊子则用卷棚悬山顶。全部联络法至为灵巧,非北平官式建筑物屋顶所能有。

献食棚前琉璃狮子一对,塑工至精,纹路秀丽,神气生猛,堪称上品。

东廊下明清碑碣及嵌石颇多。

霍县 县政府大堂

在霍县县政府的大堂的结构上,我们得见到滑稽绝伦的建筑独例。大堂前抱厦,面阔三间。当心间阔而梢间稍狭,四柱之上,以极小的阑额相联络,其上却托着一整根极大的普拍枋,将中国建筑传统的构材权衡完全颠倒。这还不足为奇;最荒谬的是这大普拍枋之上,承托斗栱七朵,朵与朵间都是等距离,而没有一朵是放在任何柱头之上,作者竟将斗栱在结构上之原义意,完全忘却,随便位置。斗栱位置不随立柱安排,除此一例外,惟在以善于作中国式建筑自命的慕菲氏所设计的南京金陵女子大学得又见之。

斗栱单昂四铺作,令栱与耍头相交,梁头放在耍头之上。补间铺作则将撑头木伸出于耍头之上,刻作麻叶云。令栱两散斗特大,两旁有卷耳,略如 Ionic 柱头形。中部几朵斗栱,大斗之下,用版块垫起,但其作用与皿版并不相同。阑额两端刻卷草纹,花样颇美。柱础宝装莲瓣覆盆,只分八瓣,雕工精到。

据壁上嵌石,元大德九年(公元一三〇五),某宗室"自明远郡(现地名待考)朝觐往返,霍郡适当其冲,虑郡廨隘陋",所以增大重建。至于现存建筑物的做法及权衡,古今所无,年代殊难断定。

县府大门上斗栱、华栱层层作卷瓣,也是违背常矩的做法。

霍县　北门外桥及铁牛

北门桥上的铁牛,算是霍州一景,其实牛很平常,桥上栏杆则在建筑师的眼中,不但可算一景,简直可称一出喜剧。

桥五孔,是北方所常见的石桥,本无足怪。少见的是桥栏杆的雕刻,尤以望柱为甚。栏版的花纹,各个不同,或用莲花、如意、万字、钟、鼓等等纹样,刻工虽不精而布置尚可,可称粗枝大叶的石刻。至于望柱,柱头上的雕饰,则动植物,博古,几何形,无所不有,个个不同,没有重复,其中如猴子、人手、鼓、瓶、佛手、仙桃、葫芦、十六角形块,以及许多无名的怪形体,粗糙胪列,如同儿

图 36　霍县北门外石桥

图 37 霍县北门外石桥上的铁牛

戏，无一不足，令人发笑。

至于铁牛，与我们曾见过无数的明代铁牛一样，笨蠢无生气，虽然相传为尉迟恭铸造，以制河保城的。牛日夜为村童骑坐抚摸，古色光润，自是当地一宝。

赵城县　广胜寺下寺

一年多以前，赵城宋版藏经之发现，轰动了学术界，广胜寺之名，已传遍全国了。国人只知藏经之可贵，而不知广胜寺建筑之珍奇。

广胜寺距赵城县城东南约四十里，据霍山南端。寺分上下两院，俗称"上寺""下寺"。上寺在山上，下寺在山麓，相距里许（但是照当地乡人的说法，却是上山五里，下山一里）。

由赵城县出发，约经二十里平原，地势始渐高，此二十里虽说是平原，但多黏土平头小岗，路陷赤土谷中，蜿蜒出入，左右只见土崖及其上麦黍，头上一线蓝天，炎日当顶，极乏趣味。后二十里积渐坡斜，直上高冈，盘绕上下，既可前望山峦屏嶂，俯瞰田陇农舍，乃又穿行几处山庄村落,中间小庙城楼,街巷里井,均极幽雅有画意;树亦渐多渐茂,古干有合抱的,底下必供着树神,留着香火的痕迹。山中甘泉至此已成溪,所经地域,妇人童子多在濯菜浣衣,利用天然。泉清如琉璃,常可见底,见之使人顿觉清凉,风景是越前进越妩媚可爱。

但快到广胜寺时,却又走到一片平原上,这平原浩荡辽阔乃是最高一座山脚的干河床,满地石片,几乎不毛,不过霍山如屏,晚照斜阳早已在望,气象反开朗宏壮,现出北方风景的性格来。

因为我们向着正东,恰好对着广胜寺前行,可看其上下两院殿宇,及宝塔,附依着山侧,在夕阳渲染中闪烁辉映,直至日落。寺由山下望着虽近,我们却在暮霭中兼程一时许,至人困骡乏,始赶到下寺门前。

下寺据在山坡上,前低后高,规模并不甚大。前为山门三间,由兜峻的甬道可上。山门之内为前院,又上而达前殿。前殿五间,左右有钟鼓楼,紧贴在山墙上,楼下券洞可通行,即为前殿之左右掖门。前殿之后为后院,正殿七间居后面正中,左右有东西配殿。

山门 山门外观奇特,最饶古趣。屋盖歇山造,柱高,出檐远,主檐之下前后各有"垂花雨搭",悬出檐柱以外,故前后面为重檐,侧面为单檐。主檐斗栱单抄单下昂造,重栱五铺作,外出两跳。下昂并不挑起。但侧面小柱上,则用双抄。泥道重栱之上,只施柱头枋一层,其上并无压槽枋。外第一跳重栱,第二跳令栱之上施替木以承挑檐槫。耍头斫作蚂蚱头形,斜面微凹,如大同各寺所见。

雨搭由檐柱挑出,悬柱上施阑额,普拍枋,其上斗栱单抄四铺作单栱造。悬柱下端截齐,并无雕饰。

殿身檐柱甚高,阑额纤细,普拍枋宽大,阑额出头斫作蚂蚱头形。普拍枋则斜抹角。

内部中柱上用斗栱,承托六椽栿下,前后平椽缝下,施替木及襻间。脊槫及上平槫,均用蜀柱直接立于四椽栿上。檐椽只一层,不施飞椽。

如山门这样外表,尚为我们初见;四椽栿上三蜀柱并立,可以省却一道平梁,也是少见的。

前殿 前殿五间,殿顶悬山造,殿之东西为钟鼓楼。阶基高出前院约三公尺,前有月台;月台左右为蹉躞甬道,通钟鼓楼之下。

图 38 广胜寺下寺前殿前面

前殿除当心间南面外,只有柱头铺作,而没有补间铺作。斗栱,正心用泥道重栱,单昂出一跳,四铺作,跳头施令栱替木,以承橑檐槫,甚古简。令栱与梁头相交,昂嘴凹势甚弯。后面不用补间铺作,更为简洁。

在平面上,南面左右第二缝金柱地位上不用柱,却用极大的内额,由内平柱直跨至山柱上,而将左右第二缝前后檐柱上的"乳栿"(?)尾特别伸长,斜向上挑起,中段放在上述内额之上,上端在平梁之下相接,承托着平梁之中部,这与斗栱的用昂,在原则上,是相同的,可以说是一根极大的昂。广胜寺上下两院,都用与此相类的结构法。这种构架,在我们历年国内各地所见许多的遗物中,这还是第一个例。尤其重要的,是因日本的古建筑,尤其是飞鸟灵乐寺等初期的遗构,都是用极大的昂,结构法与此相类,这个实例乃大可佐证建筑家早就怀疑的问题,这问题便是日本这种结构法,是直接承受中国宋以前建筑规制,并非自创,而此种规制,在中国后代反倒失传或罕见。同时使我们相信广胜寺各构,在建筑遗物实例中的重要,远超过于我们起初所想像的。

两山梁架用材极为轻秀,为普通大建筑物中所少见。前后出檐飞子极短,博风版狭而长。正脊垂脊及吻兽均雕饰繁富。

殿北面门内供僧像一躯,显然埃及风味,煞是可怪。

两山墙外为钟鼓楼,下有砖砌阶基。下为发券门道可以通行。阶基立小小方亭。斗栱单昂,十字脊歇山顶。就钟鼓楼的位置论,这也不是一个常见的布置法。

殿内佛像颇笨拙,没有特别精彩处。

正殿 正殿七间居最后。正中三间辟门,门左右有很高的直棂槛窗。殿顶也是悬山造。

斗栱,五铺作,重栱,出两跳,单抄单下昂,昂是明清所常见的假昂,乃将平置的华栱而加以昂嘴的。斗栱只施于柱头不用补间铺作。令栱上施替木,以承橑檐槫。泥道重栱之上,只施柱头枋一层,其上相隔颇远,方置压槽枋。论到用斗栱之简洁,我们所见到的古建筑,以这两处为最;虽然就斗栱与建筑物本身的权衡比起来,并不算特别大,而且在昂嘴及普拍枋出头处等详部,似乎倾向较后的年代。但是就大体看,这寺的建筑,其古洁的确是超过现存所有中国古建筑的。这个倒底是后代承袭较早的遗制,还是原来古构已含了后代的几个特征,却甚难说。

正殿的梁架结构,与前殿大致相同。在平面上左右缝内柱与檐柱不对中,所以左右第一二缝檐柱上的乳栿,皆将后尾翘起,搭在大内额上,但栱(或昂)尾只压在四椽栿下,不似前殿之在平梁下正中相交。四椽栿以上侏儒柱及平梁,均轻秀如前殿。这两殿用材之经济,虽尚未细测,只就肉眼观察,较以前我们所看过的辽代建筑尚过之。若与官式清代梁架比,真可算中国建筑物中梁架轻重之两极端,就比例上计算,这寺梁的横断面的面积,也许不到清式梁的横断面三分之一。

正殿佛像五尊,塑工精极,虽经过多次的重妆,还与大同华严寺薄伽教藏殿塑像多少相似。侍立诸菩萨尤为俏丽有神,饶有唐风,佛容衣带,庄者庄,逸者逸,塑造技艺,实臻绝顶。东西山墙下十八罗汉,并无特长,当非原物。

东山墙尖象眼壁上,尚有壁画一小块,图像色泽皆美。据说民十六寺僧将两山壁画卖与古玩商,以价款修葺殿宇,这虽是极不幸的事,但是据说当时殿宇倾颓,若不如此，便将殿画同归于尽。如果此语属实，殿宇因此而存，壁画虽流落异邦，但也算两者均得其所。惟恐此种计划仍然是盗卖古物谋利的动机。现在美国彭省大学博物院所陈列的一幅精美的称为"唐"的壁画，与此甚似。近又闻美国甘撒斯省立博物院，新近得壁画，售者告以出处，即云此寺。

朵殿 正殿之东西各有朵殿三间。朵殿亦悬山造，柱瘦高，额细，普拍枋甚宽。斗栱四铺作单下昂。当心间用补间铺作两朵，稍间一朵。全部与正殿前殿大致相似，当是同年代物。

赵城县　广胜寺上寺

上寺在霍山最南的低峦上。寺前的"琉璃宝塔"，兀立山头，由四五十里外望之，已极清晰。

由下寺到上寺的路颇兜峻，盘石奇大，但石皮极平润，坡上点缀着山松，风景如中国画里山水近景常见的布局，峦顶却是一个小小的高原，由此望下，可看下寺，鸟瞰全景；高原的南头就是上寺山门所在。山门之内是空院,空院之北,与山门相对者为垂花门。垂花门内在正中线上,立着"琉璃宝塔"。塔后为前殿,著名的宋版藏经,就藏在这殿里。前殿之后是个空敞的前院,左右为厢房,北面为正殿。正殿之后为后殿,左右亦有两厢。此外在山坡上尚有两三处附属的小屋子。

琉璃宝塔 亦称飞虹塔。就平面的位置上说,塔立在垂花门之内,前殿之前的正中线上,本是唐制。塔平面作八角形,高十三级,塔身砖砌,饰以琉璃瓦的角柱,斗栱檐瓦佛像等等。最下层有木围廊。这种做法,与热河永庥寺舍利塔及北平香山静宜园琉璃塔是一样的。但这塔围廊之上,南面尚出小抱厦一间,上交十字脊。

全部的权衡上看,这塔的收分特别的急速,最上层檐与最下层砖檐相较,其大小只及下者三分之一强。而且上下各层的塔檐轮廓成一直线,没有卷杀(entasis)圜和之味。各层檐角也不翘起,全部朵板的直线,绝无寻常中国建筑柔和的线路。

塔之最下层供极大的释迦坐像一尊,如应县佛宫寺木塔之制。下层顶棚作穹窿式,饰以极繁细的琉璃斗栱。塔内有级可登,其结构法之奇特,在我们尚属初见。

图 39 广胜寺上寺飞虹塔
(原载《新人周刊》1934 年第 1 卷第 7 期)

图40　飞虹塔内部楼梯断面

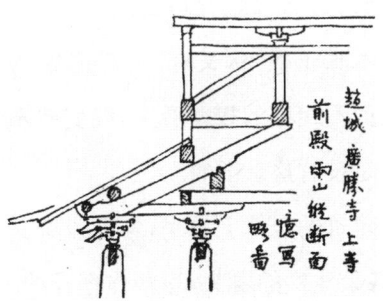

图41　广胜寺上寺前殿两山纵断面略图

普通的砖塔内部，大半不可入，尤少可以攀登的。这塔却是个较罕的例外。塔内阶级每步高约六七十公分，宽约十余公分，成一个约合六十度的兜峻的坡度。这极高极狭的踏步每段到了终点，平常用"半楼板"Lanaing 的地方，却不用 lanaing，竟忽然停止，由这一段的最上一级，反身却可跫过空的 lanaing，攀住背面墙上又一段踏步的最下一级；在梯的两旁墙上，留下小砖孔，可以容两手攀扶及放烛火的地方。走上这没有半丝光线的峻梯的人，在战栗之余，不由得不赞叹设计者心思之巧妙。

关于这塔的年代，相传建于北周，我们除在形制上可以断定其为明清规模外，在许多的琉璃上，我们得见正德十年的年号，所以现存塔身之型成，年代很少可疑之点。底层木廊正檩下，又有"天启二年创建"字样，就是廊子过大而不相称的权衡看来，我们差不多可以断定正德的原塔是没有这廊子的。

虽然在建筑的全部上看来，各种琉璃瓦饰用得繁缛不得当，如各朵斗栱的耍头，均塑作狰狞的鬼脸，尤为滑稽；但就琉璃自身的质地及塑工说，可算无上精品。

前殿 前殿在塔之北，殿的前面及殿前不甚大的院子,整个被高大的塔挡住。殿面阔五间,进深四间,屋顶单檐歇山造。斗栱,重栱造,双下昂;正面当心间用补间铺作两朵,次间一朵,稍间不用。这种的布置,实在是疏朗的,但因开间狭而柱高,故颇呈密挤之状,骤看似晚代布置法。但在山面,却不用补间铺作,这种正侧两面完全不同的布置,又是他处所未见。柱头与柱头间之联络,阑额较小而普拍枋宽大,角柱上出头处,阑额斫作楂头,普拍枋头斜抹角。我们以往所见两普拍枋在柱头相接处(即《营造法式》所谓"普拍枋间缝")都顶头放置,但此殿所见,则如《营造法式》卷三十所见"勾头搭掌"的做法,也许以前我们疏忽了,所以迟迟至今才初次开眼。

前殿的梁架,与下寺诸殿梁架亦有一个相同之点,就是大昂之应用。除去前后檐间的大昂外,两山下的大昂,尤为巧妙。可惜摄影失败,只留得这帧不甚准确的速写断面图。这大昂的下端承托在斗栱耍头之上,中部放在"采步金"梁之上,后尾高高翘起,挑着平梁的中段,这种做法,与下寺所见者同一原则,而用得尤为得当。

前殿塑像颇佳,虽已经过多次的重塑,但尚保存原

图42 广胜寺上寺正殿菩萨

来清秀之气。佛像两旁侍立像，宋风十足，背面像则略次。

正殿 面阔五间，悬山造，前殿开敞的庭院，与前殿隔院相望。骤见殿前廊檐，极易误认为近世的构造，但廊檐之内，抱头梁上，赫然犹见单昂斗栱的原状。如同下寺正殿一样，这殿并不用补间铺作，结构异常简洁。内部梁架，因有顶棚，故未得见，但一定也有伟大奇特的做法。

正殿供像三尊，释迦及文殊、普贤，塑工极精，富有宋风，其中尤以菩萨为美。佛帐上剔空浮雕花草龙兽几何纹，精美绝伦，乃木雕中之无上好品。两山墙下列坐十八罗汉铁像，大概是明代所铸。

后殿 居寺之最后。面阔五间，进深四间，四阿顶。因面阔进深为五与四之比，所以正脊长只及当心间之广，异常短促，为别处所未见。内柱相距甚远，与檐柱不并列。斗栱为五铺作双下昂。当心间用补间铺作两朵，次间梢间及两山各用一朵。柱头铺作两下昂平置，托在梁下，补间铺作则将第二层昂尾挑起。柱瘦高，额细长，普拍枋较额略宽。角柱上出头处，阑额斫作楂头，普拍枋抹角，做法与前殿完全相同。殿内梁架用材轻巧，可与前殿相埒。山面中线上有大昂尾挑上平槫下。内柱上无内额，四阿并不推山。梁架一部分的彩画，如几道槫下红地白绿色的宝相华(?)，及斗栱上的细边古织锦文，想都是原来色泽。

殿除南面当心间关门外，四周全有厚壁。壁上画像不见得十分古，也不见得十分好。当心间格扇，花心用雕镂拼镶极精细的圆形相交花纹，略如《营造法式》卷三十二所见"挑白球文格眼"，而精细过之。这格扇的格眼，乃由许多各个的梭形或箭形雕片镶成，在做工上是极高的成就。在横披上，格扇纹样与下面略异，而较近乎清式"菱花格扇"的图案。

后殿佛像五尊，塑工甚劣，面貌肥俗，手臂无骨，衣褶圆而不垂，背光繁缛不堪，佛冕及发全是密宗的做法。侍立菩萨较清秀，但都不如正殿塑像远甚。

广胜寺上下两院的主要殿宇，除琉璃宝塔而外，大概都属于同一个时期，它们的结构法及作风都是一致的。

上下两寺壁间嵌石颇多，碑碣也不少，其中叙述寺

之起原者,有治平元年重刻的郭子仪奏碣。碣字体及花边均甚古雅。文如下:

> 晋州赵城县城东南三十里,霍山南脚上,古育王塔院一所。右河东□观察使司徒□兼中书令,汾阳郡王郭子仪奏;臣据□朔方左厢兵马使,开府仪同三司,试太常卿,五原郡王李光瓒状称;前塔接山带水,古迹见存,堪置伽蓝,自愿成立。伏乞奏置一寺,为国崇益福口,仍请以阿育王为额者。臣准状牒州勘责,得耆寿百姓陈仙童等状,与光瓒所请,置寺为广胜。因伏乞天恩,遂其诚愿,如蒙特命,赐以为额,仍请于当州诸寺选僧住持洒扫。中书门下牒河东观察使牒奉勅故牒。大历四年五月二十七日牒。住寺阇梨僧□切见当寺石碣岁久,隳坏年深,今欲整新,重标斯记。治平元年,十一月二十九日。

由右碣文看来,寺之创立甚古,而在唐代宗朝就原有塔院建立伽蓝,敕名广胜。至宋英宗时,伽蓝想仍是唐代原建。但不知何时伽蓝颓毁,以致需要将下寺

>计九殿自(金)皇统元年辛酉(公元一一四一)至贞元年年癸酉(公元一一五三),历二十三年,无年不兴工。……

却是这样大的工程,据元延祐六年(公元一三一九)石,则

>大德七年(公元一三〇三),地震,古刹毁,大德九年修渠(按即下寺前水渠),木装。延祐六年始修殿。

大德七年的地震一定很剧烈,以致"古刹毁"。现存的殿宇,用大昂的梁架虽属初次拜见,无由与其他梁架遗例比较。但就斗栱枋额看,如下昂嘴纤弱的卷杀,普拍枋出头处之抹去方角,都与他处所见相似。至于瘦高的檐柱和细长的额枋,又与霍县文庙如出一手。其为元代遗物,殆少可疑。不过梁架的做法,极为奇特,在近数年寻求所得,这还是惟一的一个孤例,极值得我们研究的。

赵城县　霍山　中镇庙

照《县志》的说法，广胜寺在县城东南四十里霍山顶，兴唐寺唐建，在城东三十里霍山中，所以我们认为他们在同一相近的去处，同在霍山上，相去不过二十余里，因而预定先到广胜寺，再由山上绕至兴唐寺去。却是事实乃有大谬不然者。到了广胜寺始知到兴唐寺还须下山绕到去城八里的侯村，再折回向东行再行入山，始能到达。我心想既称唐建，又在山中，如果原构仍然完好，我们岂可惮烦，轻轻放过。

我们晨九时离开广胜寺下山，等到折回又到了霍山时已走了十二小时！沿途风景较广胜寺更佳，但近山时实已入夜，山路崎岖峰峦迫近如巨屏，谷中渐黑，凉风四起，只听脚下泉声奔湍，看山后一两颗星点透出夜色，骡役俱疲，摸索难进，竟落后里许。我们本是一直徒步先行的，至此更得奋勇前进，不敢稍息（怕夫役强主回头，在小村落里住下），入山深处，出手已不见掌，加以脚下危石错落，松柏横斜，行颇不易。喘息攀登,约一小时,始见远处一灯高悬,掩映松间,知已近庙,更急进敲门。

等到老道出来应对,始知原来我们仍还离着兴唐寺三里多,这处为霍岳山神之庙亦称中镇庙。乃将错就错,在此住下。

我们到时已数小时未食,故第一事便到"香厨"里去烹煮,厨在山坡上窑穴中,高踞庙后左角,庙址既大,高下不齐,废园荒圃,在黑夜中更是神秘。当夜我们就在正殿塑像下秉烛洗脸铺床,同时细察梁架,知其非近代物。这殿奇高,烛影之中,印象森然。

第二天起来忙到兴唐寺去,一夜的希望顿成泡影。兴唐寺虽在山中,却不知如何竟已全部折建,除却几座清式的小殿外,还加洋式门面等等;新塑像极小,或罩以玻璃框,鄙俗无比,全庙无一样值得纪录的。

中镇庙虽非我们初时所属意,来后倒觉得可以略略研究一下。据《山西古物古迹调查表》,谓庙之创建在隋开皇十四年,其实就形制上看来,恐最早不过元代。

殿身五间,周围廊,重檐歇山顶。上檐施单抄单下昂五铺作斗栱,下檐则仅单下昂。斗栱颇大,上下檐俱用补间铺作一朵。昂嘴细长而直；耍头前面微凹，而上部圆头突起，至为奇特。

太原县　晋祠

晋祠离太原仅五十里，汽车一点多钟可达，历来为出名的"名胜"，闻人名士由太原去游览的风气自古盛行。我们在探访古建的习惯中，多对"名胜"怀疑，因为最是"名胜"容易遭"重修"乃至于"重建"的大毁坏，原有建筑故最难得保存！所以我们虽然知道晋祠离太原近在咫尺，且在太原至汾阳的公路上，我们亦未尝预备去访"胜"的。

直至赴汾的公共汽车上了一个小小山坡，绕着晋祠的背后过去时，忽然间我们才惊异地抓住车窗，望着那一角正殿的侧影，爱不忍释。相信晋祠虽成"名胜"，却仍为"古迹"无疑。那样魁伟的殿顶，雄大的斗栱，深远的出檐，到汽车过了对面山坡时，尚巍巍在望，非常醒目。晋祠全部的布置，则因有树木看不清楚，但范围不小，却也是一望可知。

我们惭愧不应因其列为名胜而即定其不古，故相约一月后归途至此下车，虽不能详察或测量，至少亦得流览摄影，略考其年代结构。

由汾回太原时我们在山西已过了月余的旅行生活，心力俱疲，还带着种种行李什物，诸多不便，但因那一角殿宇常在心目中，无论如何不肯失之交臂，所以到底停下来预备作半日的勾留，如果错过那末后一趟公共汽车回太原的话，也只好听天由命，晚上再设法露宿或住店！

在那种不便的情形下，带着一不做，二不休的拼命心理，我们下了那挤到水泄不通的公共汽车，在大堆行李中检出我们的"粗重细软"，——由杏花村的酒坛子到峪道河边的兰芝种子——累累赘赘的，背着掮着，到车站里安顿时，我们几乎埋怨到晋祠的建筑太像样——如果花花簇簇的来个乾隆重建，我们这些麻烦不全省了么？

但是一进了晋祠大门，那一种说不出的美丽辉映的大花园，使我们惊喜愉悦，过于初时的期望。无以名之，只得叫它做花园。其实晋祠布置又像庙观的院落，又像华丽的宫苑，全部兼有开敞堂皇的局面和曲折深邃的雅趣,大殿楼阁在古树婆娑池流映带之间,实像个放大的私家园亭。

所谓唐槐周柏,虽不能断其为原物,但枝干奇伟,虬曲横卧,煞是可观。池水清碧,游鱼闲逸,还有后山石级小径楼观石亭各种衬托。各殿雄壮,巍然其间,使初进园时的印象,感到俯仰堂皇,左右秀媚,无所不适。虽然再进去即发见近代名流所增建的中西合璧的丑怪小亭子等等,夹杂其间。

圣母庙为晋祠中间最大的一组建筑;除正殿外,尚有前面"飞梁"(即十字木桥),献殿及金人台,牌楼等等,今分述如下:

正殿 晋祠圣母庙大殿,重檐歇山顶,面阔七间进深六间,平面几成方形,在布置上,至为奇特。殿身五间,副阶周匝。但是前廊之深为两间,内槽深三间,故前廊异常空敞,在我们尚属初见。

斗栱的分配,至为疏朗。在殿之正面,每间用补间铺作一朵,侧面则仅梢间用补间铺作。下檐斗栱五铺作,单栱出两跳;柱头出双下昂,补间出单抄单下昂。上檐斗栱六铺作,单栱出三跳,柱头出双抄单下昂,补间出单抄双下昂，第一跳偷心，但饰以翼形栱。但是在下昂的形式及用法上，这里又是一种曾未得见的奇例。柱头铺作上极长大的昂嘴两层，与地面完全平行，与柱成正角，下面平，上面斫凹，并未将昂嘴向下斜斫或斜插，亦不求其与补间铺作的真下昂平行，完全真率的坦然放在那里，诚然是大胆诚实的做法。在补间铺作上，第一层昂昂尾向上挑起，第二层则将与令栱相交的耍头加长斫成昂嘴形，并不与真昂平行的向外伸出。这种做法与正定龙兴寺摩尼殿斗栱极相似，至于其豪放生动，似较之尤胜。在转角铺作上，各层昂及由昂均水平的伸出，由下面望去，颇呈高爽之象。山面除梢间外，均不用补间铺作。斗栱彩画与《营造法式》卷三十四"五彩遍装"者极相似。虽属后世重装，当是古法。

这殿斗栱俱用单栱，泥道单栱上用柱头枋四层，各层枋间用斗垫托。阑额狭而高，上施薄而宽的普拍枋。角柱上只普拍枋出头，阑额不出。平柱至角柱间，有显著的生起。梁架为普通平直的梁，殿内因黑暗，时间匆促，未得细查。前殿因深两间，故在四椽栿上立童柱，以承上檐，童柱与相对之内柱间，除斗栱上之乳栿及劄牵外，柱头上更用普拍枋一道以相固济。

按卫聚贤《晋祠指南》，称圣母庙为宋天圣年间建。由结构法及外形姿势看来，较《营造法式》所订的做法的确更古拙豪放，天圣之说当属可靠。

献殿 献殿在正殿之前，中隔放生池。殿三间，歇山顶。与正殿结构法手法完全是同一时代同一规制之下的。斗栱单栱五铺作；柱头铺作双下昂，补间铺作单抄单下昂，第一跳偷心，但饰以小小翼形栱。正面每间用补间铺作一朵，山面惟正中间用补间铺作。柱头铺作的双下昂，完全平置，后尾承托梁下，昂嘴与地面平行，如正殿的昂。补间则下昂后尾挑起，耍头与令栱相交，长长伸出，斫作昂嘴形。两殿斗栱外面不同之点，惟在令栱之上，正殿用通长的挑檐枋，而献殿则用替木。斗栱后尾惟下昂挑起，全部偷心，第二跳跳头安梭形"栱"，单独的昂尾挑在平槫之下。至于柱额普拍枋，与正殿完全相同。

献殿的梁架，只是简单的四椽栿上放一层平梁，梁身简单轻巧，不弱不费，故能经久不坏。

殿之四周均无墙壁，当心间前后关门，其余各间在坚厚的槛墙之上安直棂栅栏,如《营造法式》小木作中之叉子,当心间门扇亦为直棂栅栏门。

殿前阶基上铁狮子一对,极精美,筋肉真实,灵动如生。左狮胸前文曰"太原文水弟子郭丑牛兄……政和八年四月二十六日",座后文为"灵石县任章常杜任用段和定……",右狮字不全,只余"乐善"二字。

飞梁 正殿与献殿之间,有所谓"飞梁"者,横跨鱼沼之上。在建筑史上,这"飞梁"是我们现在所知的惟一的孤例。本刊五卷一期中,刘敦桢先生在《石轴柱桥述要》一文中,对于石柱桥有详细的伸述,并引《关中记》及《唐六典》中所纪录的石柱桥。就晋祠所见,则在池中立方约三十公分的石柱若干,柱上端微卷杀如殿宇之柱;柱上有普拍枋相交,其上置斗,斗上施十字栱相交,以承梁或额。在形制上这桥诚然极古,当与正殿、献殿属于同一时期。而在名称上尚保存着古名,谓之飞梁,这也是极罕贵值得注意的。

金人 献殿前牌楼之前,有方形的台基,上面四角上各立铁人一,谓之金人台。四金人之中,有两个是宋代所铸,其西南角金人胸前铸字,为"宋故绵州魏城令刘植……等于绍圣四年立"。像塑法平庸,字体尚佳。其中两个近代补铸,一清朝,一民国,塑铸都同等的恶劣。

晋祠范围以内,尚有唐叔虞祠、关帝庙等处,匆促未得入览,只好俟诸异日。唐贞观碑原石及后代另摹刻的一碑均存,且有碑亭妥为保护。

山西民居

门楼 山西的村落无论大小,很少没有一个门楼的。村落的四周,并不一定都有围墙,但是在大道入村处,必须建这种一座纪念性建筑物,提醒旅客,告诉他又到一处村镇了。河北境内虽也有这种布局,但究竟不如山西普遍。

山西民居的建筑也非常复杂,由最简单的穴居到村庄里深邃富丽的财主住宅院落,到城市中紧凑细致的讲究房子,颇有许多特殊之点,值得注意的。但限于篇幅及不多的相片,只能略举一二,详细分类研究,只能等候以后的机会了。

穴居 穴居之风,盛行于黄河流域,散见于河南、山西、陕西、甘肃诸省,龙非了先生在本刊五卷一期《穴居杂考》一文中,已讨论得极为详尽。这次在山西随处得见,穴内冬暖夏凉,住居颇为舒适,但空气不流通,是一个极大的缺憾。穴窑均作抛物线形,内部有装饰极精者,窑壁抹灰,乃至用油漆护墙。窑内除火坑外,更有衣橱桌椅等等家具。窑穴时常据在削壁之旁,成一幅雄壮的风景画,或有穴门权衡优美纯净,可在建筑术中称上品的。

砖窑 这并非北平所谓烧砖的窑,乃是指用砖发券的房子而言。虽没有向深处研究,我们若说砖窑是用砖来摹仿崖旁的土窑,当不至于大错。这是因住惯了穴居的人,要脱去土窑的短处,如潮湿、土陷的危险等等,而保存其长处,如高度的隔热力等,所以用砖砌成窑形,三眼或五眼,内部可以互通。为要压下券的推力,故在两旁须用极厚的墙墩;为要使券顶坚固,故须用土作撞券。这种极厚的墙壁,自然有极高的隔热力的。

这种窑券顶上,均用砖墁平,在秋收的时候,可以用作暴晒粮食的露台。或防匪时村中临时城楼,因各家窑顶多相联,为便于升上窑顶,所以窑旁均有阶级可登。

山西的民居，无论贫富，什九以上都有砖窑或土窑的，乃至在寺庙建筑中，往往也用这种做法。在赵城至霍山途中，适过一所建筑中的砖窑，颇饶趣味。

在这里我们要特别介绍在霍山某民居门上所见的木版印门神，那种简洁刚劲的笔法，是匠画中所绝无仅有的。

磨坊 磨坊虽不是一种普通的民居，但是住着却别有风味。磨坊利用急流的溪水做发动力，所以必须引水入庭院而入室下，推动机轮，然后再循着水道出去流入山溪。因磨粉机不息的震动，所以房子不能用发券，而用特别粗大的梁架。因求面粉洁净，坊内均铺光润的地板。凡此种种，都使得磨坊成为一种极舒适凉爽，又富有雅趣的住处，尤其是峪道河深山深溪之间，世外桃源里，难怪得被洋人看中做消夏最合宜的别墅。

由全部的布局上看来，山西的村野的民居，最善利用地势，就山崖的峻缓高下，层层叠叠，自然成画！使建筑在它所在的地上，如同自然由地里长出来，权衡适宜，不带丝毫勉强，无意中得到建筑术上极难得的优点。

农庄内民居 就是在很小的村庄之内，庄中富有的农人也常有极其讲究的房子。这种房子和北方城市中"瓦房"同一模型，皆以"四合头"为基本，分配的形式，中加屏门、垂花门等等。其与北平通常所见最不同处有四点：

一，在平面上，假设正房向南，东西厢房的位置全在北房"通面阔"的宽度以内，使正院成一南北长东西窄，狭长的一条，失去四方的形式。这个布置在平面上当然是省了许多地盘，比将厢房移出正房通面阔以外经济，且因其如此，正房及厢房的屋顶（多半平顶）极容易联络，石梯的位置，就可在厢房北头，夹在正房与厢房之间，上到某程便可分两面，一面旁转上到厢房顶，又一面再上几级可达正房顶。

二，虽说是瓦房，实仍为平顶砖窑，仅留前廊或前檐部分用斜坡青瓦。侧面看去实像砖墙前加用"雨搭"。

三，屋外观印像与所谓三开间同，但内部却仍为三窑眼，窑与窑间亦用发券门，印象完全不似寻常堂屋。

四，屋的后面女儿墙上做成城楼式的箭垛，所以整个房子后身由外面看去直成一座堡垒。

城市中民房 如介休、灵石城市中民房与村落中讲究的大同小异，但多有楼，如用窑造亦仅限于下层。城中房屋栉笓，拥挤不堪，平面布置尤其经济，不多占地盘，正院普通的更瘦窄。

一房与他房间多用夹道，大门多在曲折的夹道内，不像北平房子之庄重均衡，虽然内部则仍沿用一正两厢的规模。

这种房子最特异之点，在瓦坡前后两片不平均的分配。房脊靠后许多，约在全进深四分之三的地方，所以前坡斜长，后坡短促，前檐玲珑，后墙高垒，作内秀外雄的样子，倒极合理有趣。

赵城霍州的民房所占地盘较介休一般从容得多。赵城房子的檐廊部分尤多繁富的木雕，院内真是画梁雕栋，琳琅满目，房子虽大，联络甚好，因厢房与正屋多相连属，可通行。

山庄财主的住房　这种房子在一个庄中可有两三家，遥遥相对，仍可以令人想像到当日的气焰。其所占地面之大，外墙之高，砖石木料上之工艺，楼阁别院之复杂，均出于我们意料之外甚多。灵石往南，在汾水东西有几个山庄，背山临水，不宜耕种，其中富户均经商别省,发财后回来筑舍显耀宗族的。

房子造法形式与其他山西讲究房子相同,但较近于北平官式,做工极其完美。外墙石造雄厚惊人,有所谓"百尺楼"者,即此种房子的外墙,依着山崖筑造楼居其上。由庄外遥望,十数里外犹可见,百尺矗立,崔嵬奇伟,足镇山河,为建筑上之荣耀!

记临汾的两大寺

阿 芸①

山西临汾,不仅是"尧帝古都",同时,也是"晋南重镇",无论在历史上,或是地理上讲,都有它相当的地位。

在临汾城内,原有四个大寺,那就是:(一)金刚寺,(二)天金寺,(三)大云寺,(四)南禅寺。但是,几经变迁,而今依然存在的,仅仅只有大云和南禅两寺了。

一、大云寺

大云寺的寺址,是在南门里的马威苍街,寺址相当宏大。全寺的面积,约占一百六十五方丈。寺里有五层院落,两层大殿,而两旁的禅房,差不多也有百数十间的

---

① 阿芸,生平不详。本文原载《国民杂志》1941年创刊号,文中配图系原文配图。

样子。据说,是建自唐贞观六年的时候,历史不能说不悠久了。

在大云寺第二层的大殿里,供着一个佛头,殿前的匾额,写着是"原头佛祖"四个字。据说,这佛头就是"释迦牟尼佛"这佛头,原是用铁铸成的,所以大云寺,又有一个名称,叫做"铁佛寺"。佛头十分伟大,差不多有两丈高的样子。参拜的人,可以从佛头两旁的耳孔走进去,其大也就可知了。在佛头的下面,原是一个"海眼",当初,建筑的时候,就是为了镇压的意思。不过,这也只是一种传说,并无正史可考的。

在佛头的上面,建筑的是一座"广胜塔",高有六级。塔的外面,是用陶属的琉璃制成的,一共是四面,每一面上,都雕砌着许多佛像,那佛像雕砌得都是十分精致的。

这一座"广胜塔",不但构造的精致,而且形式也十分壮观,可以说是大乘佛教的一种代表的形式。而最可贵的,还是那一个"塔顶"。原来"塔顶",是用风磨铜铸成的。风磨铜,又叫做风沫铜,是一种比黄金价值还高的金属物。据说,风磨铜可以破风,所以一般的塔顶,多半都用是风磨铜铸成的。

图 43 广胜塔

图 44　南禅寺

因为塔顶是用风磨铜铸成的,所以不但风吹雨打,没有损失;而且风愈吹,那塔顶也愈发光亮。没有风的时候,太阳照耀着,也是十分辉煌,灿烂夺目。

大云寺,在清康熙三十四年的时候,因为临汾发生了一次大地震,被崩坏了。直到康熙五十四年的时候,才由城内的士绅陈国信等,发起重建。现在的"广胜塔",虽则不是唐朝最初建的,但,那形式,和最初建的,却没有相差许多。原故就是因为重建的时候,完全是以原来的形式为模范,而重新仿建的。

在民国十一年的时候,山西省政府,为了提倡女子师范教育,预备要在临汾,设立一处女子师范学校。于是就择定大云寺为校址,经过了几个月的筹备,在十一年的秋天,学校开学了,那就是山西省立第六女子师范学校。从那时起,大云寺,就已经不是大云寺了。

到了二十六年,因为事变的原故,学校停顿,大云寺,既已不是学校,而又无人主持,于是又成为一个荒凉的野寺了。直到民国二十九年的七月,山西省公署,才派员筹备复校事宜。但是,这一次,却不是省立第六女师,而改为省立第二男师了。说来,这也是大云寺历史上的一个小沧桑呵！

二、南禅寺

南禅寺的寺址，是在南门里的贡院街。寺址并不算怎样宏大，仅仅只有两屋院落，一屋大殿，不过，历史却是十分悠久的。原来南禅寺，是建自唐代的，虽然正确的年代，已不可考，但是，约略地算起来，到现在，至少也有一千多年了。这个寺也与大云寺同时在康熙三十四年地震时被毁。

一直过了十四年的光景，到了康熙四十八年的时候，才有一个名叫普祥的法师，从赵城到了临汾，募款重修，但是规模已不如前了。重建完成以后，差不多经过了一百五十年的样子，在这一百五十年里，虽则，在人事上，是有过不少的更动，但，在庙的本身上，变迁的却实在不多。

在光绪二年的时候，山西境内，遭过了一次从来未有的旱灾。在三年的长时间里，始终未曾落雨，亢旱的程度，也就可想而知了。官舍，民房，虽然并未受到若何损失,但,居民们却因为得不到相当的食料,而大半都死亡了。南禅寺的僧侣们呢,自然也不能例外,而先后也都归了道山。于是南禅寺因而又荒废起来了。

就这样荒废着,荒废着,一直到光绪十八年的时候,才由城内的士绅,请出了一个名叫觉林的法师,募款重修。南禅寺,这一次,虽被拆毁不少,但损失尚不算甚大,而具体的形式,也还没有完全消失,所以在修缮上,比较重新建筑,容易得多了。没有一年的工夫,这一个历史悠久的古刹,就又恢复了它的旧观。

在南禅寺里,藏有三件名手所绘的佛像,和一件芝玉女史所绘的《墨梅》。

佛像的画幅,高约一丈多,宽约六尺,虽然不是吴道子的手笔,但也是清朝初年名手所绘。无论是在构图,和着色上讲,都是用过一番工夫的。而那一幅《墨梅》呢,画幅长约一丈多,高约六尺。在这样大的画幅上,完全是用"墨梅"充满的。但黑白十分显明,而笔法十分细腻,在国画里面,应该算是工笔画了。上面的题名是:"黑白须分明"。据说,这幅《墨梅》是清初一个名叫芝玉女史画的,但在画的时候,并未署名。直到芝玉女史去世以后,咸丰六年的九月,才有人请芝玉女史,以乩笔补题的。

这自然又是一个不可考,也无法可考的传说了。但就画而来讲,虽属工笔,却并不纤弱,而且很有气魄,如果真是出于女人之笔,固是不容易了;纵使不是出于女人之笔,这幅画,也有它相当的价值,而不容人忽视。

现在,这三件名手所绘的佛像,是在大殿里悬着;芝玉女史所绘的《墨梅》,是在一间禅房里悬着。凡是到南禅寺参拜的人,对于这几件珍贵品,差不多都要瞻仰一番的。

初入临汾的回忆

舒 湮①

我第一次尝试同蒲路的狭轨小型火车。初坐的时候,还不是怎样觉得慢,唯一的异样感觉就是车厢较平常的约短三分之一。从正午开行到傍晚,出了车厢一看,是永济。翻开地图,这才是离风陵渡后的第一个大站;有同伴把手指在地图上验了验,从风陵渡到临汾有整只手掌那么长的路程,这时才不过走了一节小姆指远。大家都没奈何的苦笑着"玩具式的火车"如今才证明没说错。有人胆大起来,跳下车和行进中的列车赛跑,跑了几百米突,结果人还是追上车,弄得许多乘客和同伴都禁不住好笑。因此,在这迢迢旅途中,我们唯一

---

① 舒湮原名冒效庸(1914—1999),祖籍江苏如皋。剧作家。早年毕业于上海国立暨南大学。著有《边区实录》、《董小宛》、《扫叶集》。本文原载《宇宙风》1939年第79期。

冒险的游戏,便是和火车赛跑。

同蒲铁路是阎百川督促兵工建筑的。山西兵学会了自己造铁路,却忘了怎样打仗。在没有准备之下,日人一进了山西,省防军只有瓦解了。因为是窄轨,机车马力小,所以行车速度缓慢,而载重量也有限,至于其他宽轨的车当然也开不进来。中央为在山西调度兵力,而为运输困难的限制,着实感觉心焦,可是一时也没办法。

车在山岭地带的凹道中行驶。我们经过伯夷叔齐采薇幽居的首阳山,舜都的蒲坂(永济),关壮缪的故乡解县,河东盐的产地运城,和晋南的名城闻喜,候马。铁闷子里的"活的货物"愈来愈多,我们只得由躺着,而坐着,而立着,最后几乎是站脚点都不能稳,东碰西碰全会触着别人的身体。在水头镇上来十几包军粮,把铁闷子占据了一半地盘。押粮的军需员将这些一袋袋的粮食铺平之后,他坦然的放开行李,正中高卧,一边消许高点,恰好做了枕头。他却顾不了我们这些环立着"随侍在侧"的人们了。谁都料及今晚是不能安眠的了,大家便互相挨着背假寐。幽暗的车厢里,看不见一丝光亮,除了想法子能够寻梦,别无他法。到了礼元又上来一批军人，虽然这铁闷子已经塞足，他们也满不管的往里拥。当然，首当其冲是这位军需先生。他起先还想假借睡熟来"退兵"；可是他们不理会这一套，看他晏然的不睬，就不客气的开始"进攻"。一群人有的掀开他的棉被，有的一把拖他起身，有的拣着东西胡扔，我们的行李也不免于受到"池鱼之殃"。这一晚就从没有宁静过，不是骂声，就是嚷声叫。同车的一位八路军的弟兄，也只好闷声不响，捧了一本《救亡歌曲集》在低诵。夜风像尖针似的刺进人的皮肤，好容易捱到黎明，伸头出窗口瞭望，正是临汾到了！我问那位军需员，晚上那些野蛮的军人是什么队伍的。他叹口气说："反正绝对不会是外国人！"

临汾车站上最触目的是山西少年先锋队的标语："枪毙不守纪律的军队！""打倒坏官，坏绅，坏人！"白垩的大字涂在黄泥墙上，特别显明。从这两句标语中，可以想见过去腐败内政的恶果，现在是如何毒害着抗战的力量。

山西现在驻军有晋绥军、八路军、川军，以及卫立煌、孙连仲、汤恩伯等人的部队。从士兵的服装与符号上，可以看出军队系统的复杂。日人在山西境内的，只剩一两万人，而且当中蒙伪军居多，如果我军能切实联络协同进攻，实不堪一击。目前双方在对峙局势下，卫立煌将军说："山西的战局不久将有重大的变化。"

晋绥军在以往数月中作战损失颇重。主力军只剩傅作义、王靖国、赵承绶诸部，仍留前方作战。杨爱源的军队一大部分改组为决死队和少先队，注重训练新军。朱德统辖下的八路军有刘伯承、林彪、贺龙诸师，分散在日人后方的晋北、晋西一带游击。就平绥、平汉、正太、同蒲四线中间这一个广大游击区言，八路军和其他民团的人数就有十万左右；日人曾耗费两师团的兵力，二三月时间的"清剿"，结果是我们的人数愈"剿"愈多，原来从前的老百姓都加入了游击队。卫立煌的第十四集团军，在举世闻名的忻口一役，虽蒙相当损失，现在经过补充修养，仍不失为山西最强劲之旅。孙、汤两军尚有一部分队伍留晋，而他们的主力部队却在太行山中。我们的武力总计有三十万！

临汾城，陷于战事状态中。前线在平遥、交城、和顺，距离临汾都还在二百公里以上。因为整个的省会搬来，这里便时常发生空袭。临汾是晋省的第二大城市，城内屋宇马路的建筑都很宽大,而且近代化的设备如电灯、电话全有。只是白昼,城里很少人,店铺大半闭门休业,门首贴上一张纸条:"防空时间,夜市照常。"有些店铺,大门虽开,可是里面货品全搬空了,就是连一张包物的纸都带走。他们把这些货,清早运下乡,傍晚又搬回来。这样不惮麻烦的搬来搬去,也颇有趣。阎百川也白天住土门村,晚上回城通宵办公。街头巷尾满是不知名的军事机关。我们把自己安顿在北青狮子口的普胜医院中青年会战地服务团外间的大坑屋内,医院是英籍教士创办的,屋宇的华美,设备的完善,在临汾首屈一指。我曾去山西绥靖公署看过,觉得还不如这医院。一天,刚走出大街用早膳,警报来了。青年会职员告诉我,日机每日有规定的时间来去,目标似乎在城郊尧庙的机场,城区尚未遭遇轰炸。

我们来的时候,民族革命大学正开学,满街都是穿着和士兵一样的灰布制服的民大学生。从他们的口音知道是从全国各省来的都有。县城中平添了几千学生,一时也颇热闹。我去民大第一院参观的时候,还没有正式上课。学生三三五五的在礼堂围炉读书,写信,撰稿,

图 45 民族革命大学生活素描之一
(原载《抗战漫画》1938 年第 6 期,作者杨满邨)

图46 民族革命大学生活素描之二
(原载《抗战漫画》1938年第6期,作者杨满邨)

谈话,这种自由活泼的空气的确第一次看到。学校办事的职员也都是青年。有一部教职员正和学生开讨论会,据说他们许多事都是采共同会议的方式解决。布告板上贴了许多课余研究团体征求会员的告白,和学生批评学校行政的建议书。我看见有一张是说明反对制式的军训。学校当局并不禁止这些布告,我相信他们一定能接受而改正。学生很拥挤的睡在宿舍的砖地上。他们毫不为这种艰苦的生活而怨尤,因为救国是每一个国民自己的事。

临汾的生活程度相当的高。这是因为运输极端困难,同时人口增加,求过于供,洋货既无法输入,土货也因为战时生产工作停顿,有消费而无生产,物价因此日渐增高,在普通的小饭馆,吃一餐馍饭或面条,至少三角钱。肉类与蔬菜都感觉来源缺乏,就是山西著名的汾酒这时也难买到,一般用的还是陕西的贵妃酒(即凤翔白干)。在广东没有人会要的烂桔子、烂香蕉,这里居然卖大价钱(一块多钱一斤)。这几天乡下人进城办年货,可是竟然没东西好买。至于日常应用的鞋袜,更非自己从外边带来不可。

山西人素性保守，天然的宝藏埋在地下不去开发，阎百川近来在太原兴办了些实业，刚有规模，日人的手就已经伸进来。这真是非常值得惋惜的事。

凭吊晋南旧战场

——从垣曲到长治

希 明 [①]

从河南渑池出发,经过百余里的山地和连山高地,才到黄河渡口,在猎猎的北风中,那混合着黄沙的浊浪,正汹涌的奔流,远远地便听到风声和着水声的怒吼。

渡过黄河,便是山西省属的垣曲,这个在抗战史上的名城,曾经过我敌两军的三次争夺战。我们走进那并不甚大的县城,一入南门,便看到了被敌机炸毁的颓垣断壁,几家小商店,在这凄凉遗址间,已经恢复了营业。通过这段较为"热闹"的市街,巡视全城,只见到寥寥可

[①] 希明即胡希明(1907—1993),河北保定人。早年曾任冯玉祥部国民军团长、代旅长。抗战时期任香港《天义台》三日刊主笔。1941年任桂林《力报》采访部主任。1947年后创办《周末报》并任社长,同时为《华商报》、《文汇报》等撰稿。1949年后任广东省文史馆馆长。著有《三流诗集》。本文原载《国讯》1939年第215期。

数的几个行人，多少人家，都反锁着门户，夕阳挂在衰柳的梢头，几双失却旧巢的麻雀，点缀着触目萧条的深巷。

许多圮坏的墙上，还存在着争取敌军的标语，也许敌军当时走进这苍凉寂寞的小城，曾意识到显使它们作战的法西军阀，是怎样造成了人类的悲剧。

更进而到阳城，这座县城，也曾经过敌军的蹂躏，城区附近的山地，曾经过我×路军与敌军的激战，各条公路，都已被我加以破坏，一部分×路军的游击队，现在仍驻守在这里。"起来！和鬼子们拼！"的战歌，给予这古城以极大的兴奋，一般人，已经逐渐消失了恐日病，正因此，社会秩序，也相当的恢复，逃入深山的人家，大多数回到旧居。在一次军民联欢会的会场中，我们看到无数有着笑脸的群众，女人们也有许多在参加着盛会，较之在垣曲满城只看见一个老女人的景况，我们开始感觉到愈接近敌军的后方，愈减少战争的恐怖，愈可以发现人们在向上和前进。

由阳城到高平，沿途使我们兴奋的，是若干不足十五岁的儿童所组织的儿童团，他们持着梭标和大刀，庄严地站在自己岗位上，任何人通过，都不能逃避他们的

图47　垣曲县政府
（摄于1938年）

图48 长治县城
(摄于1938年)

检查,过去恐惧着军人的小孩们,现在不仅改变了过去的心理。"同志!拿路条来!"这些小战士的负责精神,使若干离开队伍的溃兵和走私运货的奸商,以及企图刺探军情,观察地形的汉奸们,只有望之却步。另外,在山径中,在麦田里,我们可以发现若干半武装的农民队伍,那里雄壮诚朴的农民,唱着救亡的歌声,走着整齐的行列,使这过去也曾被敌军劫夺过的高平,又换了一番崭新的气象。

行行重行行,到了晋南重镇长治县,这里是曾在中古战争史上著名的潞安州,为晋冀豫边区的战略要点。"七七"抗战开始后,敌军便觊觎着这里,至去年二月,敌军倾将近一师团的兵力,经高平向长治进犯。二月十八日,敌军已兵临城下,那时驻在附近的川军四十七军以不足一个团的兵力,担任城防,兵力固不敷分配,武器更特别不佳,但是英勇的四川健儿,以必死的决心,坚定与长治共存亡的壮志,临时用石块堵着城门,据坡抗战,敌军集中炮火,向城头射击,我军虽死伤枕藉,但仍以一当百,力战不休,直到敌军利用奸民为前驱,攻进北门,我敌又开始市街战,鏖战至次日,我军虽弹尽援绝,而士兵们仍鼓着最后的勇气,利用刺刀,与敌肉搏,敌军被消灭者在千名以上。十九日下午,长治市街,几尽为敌据,剩余的我军只有百余人,不得不缒城而出。可是这百多位饥寒痛苦九生一死的弟兄们,依然保持着良好的纪律,当他们走到附近村落,虽然当地民众表示诚意的慰劳,他们却如常的掏出钱来购买食物……这些事过了近去将一年,可是回溯往事的人们,正含着眼泪在追忆。现在长治人民正筹备为这些殉国男儿,立碑建庙,其实,每个人的心理,已经为他们筑下永远的祭坛,地下的英灵,也许能无所遗憾。

敌军自攻进长治,自二月至八月占据了七个月之久。在此期间,除一部分妇孺逃入本城由荷兰籍神父管理的天主堂和美籍牧师管理的福音堂,未遭敌军暴行以外,敌军的一切行为,都足以令人发指,抢掠,屠杀,奸淫的事情,可说是书不胜书,一般报纸所载的敌军风行,在长治都可以找到实际的例证。

之后,我×路军连克晋南诸县,敌军于仓卒中退出长治,预备于濒行前破坏全城的爆炸队,因被当地自卫队的袭击,也仓卒溃退,因此,长治县城尚能侥幸存在。

当我们到达这战血犹腥的城里,一般地说,社会秩序,商业状况,都渐次恢复原状。在×路军影响下,民运工作,政府机构都有长足的进步。这旧战场上,已经散布着新的斗争情绪,表显着新的社会动态,人们已经没有了忧疑,没有了涕泪,有的只是紧张和兴奋……

二,一。在晋南旅途中。

后　记

编选本书时，我们曾找到一些中小学生写的游记，希望通过学生的视角来展示他们眼中的山西，而且希望能有一篇是写偏远地域的，可惜一直没有遇到，有些遗憾。民国学堂的作文簿中常有一些游记，出版社又出过"游记写作法"一类的书，也有人编过学生游记，这说明民国游记教育还是略成体系的。有了这样的教育，才会看到一批批后游者在感叹"江山留胜迹，吾辈复登临"的同时，与前游者共同接受江山胜迹的陶冶，在文化传承上步伐一致，在情趣格调上前呼后应。本书虽未能收录学生游记，但所收游记也大致能反映出前贤在情趣格调上之前呼后应。我们编选这部游记，就是希望后人能在文化传承和情趣格调上追踪前贤，既守护江山胜迹，又留下吾辈足音。

三校定稿前，责编向磊老师建议我对林徽因那篇作些删节，抽去一些从学术上谈建筑的内容，突出她写乡村风情的段落。这个建议是从游记的角度来"整编"名作,集中为读者呈现建筑考察中的游记情怀,非常有见地。我随即按这个原则做了删节,并调整补充了一些原文插图,这样内容虽略有减少,但情怀依旧。

我是山西人,虽然上大学后一直漂泊在外,山西话也早说不地道了,但乡情还在,因为我是从那里出来的,那里有亲人,有祖坟,有记忆。然而那里又是陌生的。我的小学校门早看不见了,中学教室也没有了,放学路上土墙边卖桑葚的小摊也消失了,我的"江山胜迹"已难觅遗踪。山西的很多地方我都没去过,编选本书,真正是神游故国。前贤眼中的山川多是有历史通道的,乡村、城镇、山河,配合得古韵悠然,而这古韵悠然中自然也都包涵着无数个"我"的"江山胜迹"。我原是在这山川之中生活,却未能多走出去领略那远近的风景,实在辜负那山川清气,但回头是不可能的,除借助前贤游记神游之外,亦惟有合十祝福:"祝福山西,祝福山川。"

本书由崔文川兄初选,我做了增补校订,是两个山西人的联手之作。

编 者
2016 年 12 月 1 日夜